余命《よめい》

これからの
時間を
いかに豊かに生きるか

五木寛之
Hiroyuki Itsuki

祥伝社

装幀／吉永和哉

目次

第三章　人には、逝《ゆ》き時というものがある　61

第四章

死を避けない。自分の逝《ゆ》く年を決めてみる。　111

第一章

「余《よ》命《めい》」を前向きに考える

余命とは余裕をもって残された時間

余命《よめい》、という言葉には、どこかに淋しげな気配がただよいます。

「余命いくばくもなし」といった表現とか、

「残念ですが余命3カ月といったところですね」

などという医師の宣告を、連想するせいでしょう。

しかし、あらためて余命という文字を眺めてみると、またちがった印象もある。余裕、とか、余徳などという言葉も浮かんできます。余韻、というのも魅力のある表現ですし、余情、も悪くない。

余命とは、自分に残された命の時間です。わずかにあたえられた短い期限、というふうに受けとるから、淋しい印象がうまれてしまう。

「自分はもう十分に生きた」

と、納得したあとで、さらにつけ加えられたボーナスのように受けとめたらどうか。

「あとこれだけしかない」

などという切迫した気分ではなく、余裕をもって残された期間を考える。

そうすれば、またちがう角度から余命を考えることもできるのではないでしょうか。

いま私たちは未曾有《みぞう》の超高齢化社会の入口に立っています。「健康で長生き」が、当然のように幸せな人生、と思われています。

しかし、本当に健康で長生きなどということがありうるのか。どこかに世を去る適当な時機というのがあるのではないか。

ふと、そう考えてしまうのです。

人は自分の意志で生まれてくるのではありません。どこの国に、いつの時代に生まれてくるかは、本人とは関係のないところで決められる。どんな両親のもとに、どのような資質をもって誕生するかも、自分自身の選択や努力ではない。しかも私たちは生まれてくるその時から、最大有効期限、１００年から１２０数年というスタンプを首筋におされてこの世に送りだされるのです。

しかもそのなかで、いわゆる天寿をまっとうする例は必ずしも多くはありません。若くして世を去ることを夭折《ようせつ》といいますが、さまざまな困難が待ちうけています。

20世紀は、戦争の世紀でした。天寿どころか、さまざまな死が人びとを襲った時代でした。

そしていま、私たち日本人は世界の高齢国のトップにいます。平均寿命が80歳をこえたのです。そのことは、はたして双手《もろて》をあげて歓《よろこ》ぶべきなのだろうか。ふとそう考えて、首をかしげるときがあるのです。

「これが自分の天寿だろう」と感じたときこそ

現在、１００歳以上の高齢者の数が、かつてない勢いで増えています。やがて私たちの周囲に、１００歳以上の人びとが当たり前のように見られるようになるかもしれない。

そう話したら、すぐに反論されました。

「現実には１００歳以上の高齢者で健康寿命をたもっている人たちは少ないんですよ。大半のかたたちが、寝たきりで要介護の状態にあるのが実態なんです」

テレビや雑誌などで、１００歳ちかい高齢者が元気でマラソンや水泳にはげんでいる姿が紹介されるのは、それがめずらしいからだ、というのです。

80歳になった人は、少なくとも八つ以上の病気を抱えている、といわれます。

私自身も、指折り数えてみますと、五つははっきりした病気、あと加齢現象と思われる不調が、三つ四つみつかりました。

「元気で長生き」などというのは、どうやら幻想にすぎないのかもしれません。個人差はあるものの、老化はひとしく万人に訪れるのです。

人はずっと健康でいられるのか。

生活習慣に心をくばり、検査や養生につとめれば、ずっと元気でいられるのか。

答えは、ノーです。年を重ねれば体はガタついてくる。それを手をつくしてカバーしたところで、多少の寿命がのびるくらいではないのか。しかも、そこでは大事なことが逆転しかねない。「健康で長生き」が人生の目的のような錯覚が生じかねません。

植物学者の牧野富太郎《まきのとみたろう》博士は、90代の半ばを過ぎても、

「まだ死ぬわけにはいかない」

と、もらしていたそうです。それは「やり残した仕事をやり終えるまでは死ね

ない」ということのようです。

これは、はっきりしている。長生きが目標ではない。やるべき仕事をやるために、さらに生きたいというわけですから。

しかし、一般の人にとって、長生きははたして人生の目的だろうか、と、最近しばしば考えます。

ある年齢に達したとき、人はそれを直観し、自覚する。

「これが自分の天寿だろう」

と、感じたとき、そこで余命という感覚が大きな意味をもつのではないか。

余命を考えることのできる人生は、余裕のある人生です。長生きを目標として、残りの日々を数えることではない。余白のない書物というのは、どこか味気ないものです。余命を考えることは、余裕のある人生といえるのではないでしょうか。

幸せとはいえないのが、長寿者の大半

私の両親は、かなり早く世を去りました。敗戦という状況が大きく影響しているのですが、それにしても早逝のうちにはいるでしょう。

そのことで、若い頃はいろいろと苦労した記憶があります。親はやはりある年齢まで生きていてほしいものです。

しかし、今にして思えば、両親はそれなりに自分の生をまっとうしたように思うこともしばしばあります。

親、子、孫、などの家族の集《つど》いは、はたでみていても心暖まる風景です。うらやましく思ったりもします。

しかし、人間はある年齢に達すると、家を出て独立するのが自然です。蜜のよ

うな甘い家族関係には、それなりの荷の重さもあるのではないか。

かつてこの国の農村で、70歳を過ぎると暗黙の了解の上に、老人は家をはなれた例もある。小説だけの話ではありません。

インドで人間の四季の最後を、

「遊行期《ゆぎょうき》」

としていることは、よく知られています。

遊行とは、単なる放浪ではありません。自分の最後の死場所を求めての家出です。ガンジス河のほとりで死を待つ人びとの姿は、ただ哀《あわ》れという印象ではなく、人が往《ゆ》くべき場所に到達した、という感じがあります。

超高齢社会といっても、大半の長寿者がベッドに寝たきりで介護されている風景は、けっして幸せという光景ではありません。人工呼吸や胃ろう、その他の手段で無理に生かされている本人の気持ちは、はたしてどのようなものでしょうか。

「元気で長生き」は、一つの夢としてはありえます。しかし老化とは健康が失われていく過程です。永遠の健康などがありえないとしたら、私たちはいつまでその幻想によりかかっていられるのでしょうか。

長寿ということは、多くの病《やまい》を抱えて生きていくことです。ある時期を超えて生きることは、必ずしも幸せとはいえないのではないか。

私たちはいま、微妙な決断を迫られています。

みずから死を選ぶことは、悲劇です。しかし、みずからの意志に反して長く生かされることも、けっして望ましい人生ではない。ふと、そう思うことがあるのです。

では、将来、私たちはどうこの問題を解決できるのでしょうか。

「人生五十年」という言葉の重さ

人は自分が、あとどれくらい生きるかを正確に知ることはできません。思いがけない事故もある。突然の病気で急死することもある。逆に死を予想しながら、なぜか長命をたもつ人もいる。

しかし、人生の半ばに達したとき、私たちはいやでも残された時間をどう生きるかを考えなければならない。

以前、『下山の思想』という本を書いたことがありました。登山は山頂に達したときに終わるのではない、という意見です。頂上をきわめたあとは、必ず下山しなければなりません。そして、そこには登山の際とは異なる目標や姿勢が必要なのではないか、と考えたのです。

かつて「人生五十年」といわれた時代がありました。しかし今では、その倍の年月を私たちは生きる可能性がある。

それでも「人生五十年」という言葉には、ある重さがあります。人が成長し、働き、一家を支えて生活する年月は、ほぼそれくらいで完結するのではないか、と感じるからです。

50年を一つの区切りとして考える。その後の人生は「余命」であると覚悟する。

いまは65歳くらいまでは現役で働け、といわれています。しかし、やはり人生は50年あたりで一応の締めくくりを考えるべきではないでしょうか。

「元気で長生き」が、はたして次なる後半の目標となりうるのかどうか、そこが問題です。

人は長生きするために生きるのではない。病気になりさえしなければ幸せというわけでもない。

人にはそれぞれの生き方がある。

１００歳でマラソン競技に挑むことを後半生の目標とするような人生も、あってもいい。日々、養生と健康法に明け暮れるのも、その人の自由です。

かつて、「武士道とは死ぬこととみつけたり」という文句が、ファシズムの旗印のようにみなされた時代がありました。しかし、「仏教とは死ぬこととみつけたり」といってもおかしくない。「ヒューマニズムとは死ぬこととみつけたり」という言い方もできそうです。

ある有名作家は、色紙を頼まれると、「死」という一字を書いたそうです。色紙を飾りもののように使われることを嫌っての苦肉の策でしょう。「死」という文字を人は無意識に嫌う。そこにはなにか不吉なイメージを連想するからです。しかし、そろそろ「死」を素直に、明朗に、とまでは言いませんが、先入観をまじえずに考える時がきたのではないでしょうか。

第二章

人はどのように死んでいくのだろうか

いまは、「終活」の時代

就活、婚活、それともう一つ、「終活」。

どうやら最近の日本人は一生何かの活動をし続けていないと、どこか落ち着かないような感じです。死ぬまで、それこそ最後の最後まで、日本人の生活には「活」の字がつく。いやはや、これは大変なことです。

先日テレビで、「終活」を特集した番組を見ました。老人はどう死んだらいいのか、死ぬためにどんな準備をしたらいいのか、という内容の番組です。

そのとき私は、ついに日本もここまで来たか、という感じを持ちました。人生の終わり方、この世からの去り方について、誰もが悩んでいるのだと、あらためて考え込んでしまったのです。

いまの時代、わたしたちの関心は、元気でいられる良き時代の日々の暮らし方、生き方を考えるということではないようです。元気ではなくなって、年老いた後の、人生の終わりを全《まっと》うすることへの関心が、世の中全体を地熱のようにはいあがってきているような実感がある。

今、人々が知りたいのは生き方ではなくて、逝《ゆ》き方。人生をどう閉じたらいいのかということのような気がするのです。

私のところにも、知り合いの方から、自伝的な本を出すからひとこと、推薦文がほしいという依頼が多くきます。私はあまりそういうことをやっていないものですから、非常に困惑することが多い。

自分史をまとめるというのが、一時はやりました。定年退職した後の生き方の一つとして、自分の生涯を振り返って一冊の本にまとめるというものです。定年後の新しい趣味、といった感じでした。それがまたこのところにわかに増えて、自費出版で自分史をお出しになる方が増えたようです。

また、聞くところでは、プロダクションのようなところでその人の生涯を簡単に映像としてまとめ、短いドキュメンタリーとして制作してくれることもあるそうです。おそらく自分で見て楽しむというよりは、告別式のときにでも上映して、みんなに故人を偲《しの》んでもらおうというのでしょう。その気持ちは、わからないでもありません。

この手の話はたくさんあって、遺影を、あらかじめきちんとした納得のいくかたちで撮《と》っておくという人も、すこしずつ増えてきているそうです。七五三のお祝いや結婚写真だけでなく、生前に自分の遺影を用意しておこうという呼びかけに、とてもたくさんの人が訪れて、写真館が大繁盛しているらしい。

人々はやっと、自分の人生の終わりや締めくくりを具体的に意識し始めたのだ、という感じがします。

実際、出版社から私のところにくる企画も、いままでとは違ったものが多くなってきました。これまではどうやって生きていくかという、いわば生き方を中心にした本の依頼が多かったのですが、最近はそうではないのです。

人生の締めくくり、逝《ゆ》き方に関する覚悟やノウハウをテーマにした本を出さないかという依頼がひじょうに多くて、私もちょっと驚いているところです。

長生きは、本当にめでたいことか

このところ、大胆な金融緩和とかインフレ目標とか、新たな変化がいろいろあって、世の中が盛り上がっているような、一見、活気があるような傾向があります。

そんな浮き足立った時代の中でも、高齢となった人たちは、どこかで無意識のうちに、自分の人生の締めくくりを考え始めています。まわりは賑やかだけれど、自分はこれから淋しくなっていくという思いがあるのかもしれない。「終わりよければすべてよし」といった感じで、人生の最期を意識し始めているのです。

いたずらに大きな声でこういう風潮を論じるのは気が引けるのですが、そんな老人たちの存在がかなりオープンになってきているのではないでしょうか。今までは見たくないものから目を逸《そ》らせていたのに、ついにパンドラの箱は開いた、という感じがしているのです。

いま、この国のことを考えるとき、まずは一番気にかかることとして、高齢者の異常な増加があります。たとえば百歳以上の長寿者の数が激増して、すでに優《ゆう》に五万を超え、遠からず十万に達するでしょう。そのことを考えると、いま六十歳で定年を迎えた人は、あと四十年あまりも、この先生きていくわけです。

こうなるともう、余命ではなく、ましてや余生でもありません。リタイアした後のその先にまだ長い長い時間があるのですから、まったく新しい第二の人生に嫌々ながらでもチャレンジしなければならない。

そして、その人生がいつかは終わり、やがて終焉《しゅうえん》を迎えるということは、どんな人でもわかっているのです。元気に生き続けたとしてもしょせんそれまでの間です。いやでも一日一日と死期は近づいてくる。寿命の問題ばかりは、洋々たる未来が開かれているというわけではないのです。

長すぎる老後はいいことばかりではない、けっして明るいだけではないというそのところを、社会でも世間でも伏せてきている気がします。いやなことから目を逸らしている感じがするのです。一昔前はきんさんぎんさんのブームもありました。長寿ということに対してあたかも非常にめでたいことであるかのように受け止めて、長寿は古来稀《まれ》なりとか、傘寿《さんじゅ》のお祝いの会とか、いろいろあります。

団塊の世代と言われる人たちがあと何十年か経《た》つと、みんな一斉に長寿者、超長寿者になってくる。しかし、年寄りが増えることは、そんなにめでたいことなのでしょうか。

めでたいはずなのにめでたくはないという大きな矛盾は、国の財政の中で、医療、介護、あるいは保険制度というものが巨大な割合を占めているということからもわかります。

日本には世界に冠《かん》たる国民健康保険制度があるがために、定年退職以後の元気な人たちが気楽にどんどん病院に顔を出すようになってくる。高度な医療が発達し、ＭＲＩとかＣＴスキャンのような先端的な医療機器があふれています。

世界中の先端機器の六割か七割は日本が買っている、という話もあります。それをどんどん減価償却していくためには、たくさんの人たちに検査を受けさせなければいけない。そこで、厚労省でも早期発見・早期治療ということを勧めているという説もある。

医療が進めば進むほど、先端の医学が進歩すれば進歩するほど、保険制度が確立すれば確立するほど、国民は何とか元気を保って、その結果として長命化していく。そして社会全体は高齢化していくのです。

この現象の行き着く先に何が待ち受けているのでしょうか。そのことを一度、真剣に考えなければいけない時代に入ってきていると思われてなりません。

一言でまとめて少子高齢化といっていますが、そんなに単純なことではない。それは年金を払う労働人口が極端に少なくなるということです。年金を受けて、その上で高度な医療を受けつづけ、そして重度の介護を必要とする人たちが無限に増大していくということでしょう。

そんな国の未来を考えていきますと、長寿イコールめでたいという感覚ではなくなってくるのは当然です。人々が国の未来と同時に、自分がどこまで生きるかということを考えなければならないのですから。

現在、一人暮らしの高齢世帯はおよそ６００万人いるといわれますが、そのうちの半分、およそ３００万人が低年収世帯だそうです。

そこから、生活保護を受給している高齢世帯を差し引いた２００万以上もの人々が老後破産の状態にあるとされていますから、怖ろしいことです。ある計算では16人に１人の割合で、高齢者が老後破産の状態にあるといいます。

はっきり言えば、長寿者というものが社会の余計者として、ある意味で白眼視されるような時代にもなりかねないのです。そういう中で自分の最終の締めくくりを、ごく普通の人々がやっと意識し始めたかな、という感じがするのです。

少し前の時代の高齢者、老人と言われる人たちは余生の中で、お寺詣《まい》りやお遍《へん》路《ろ》によく行きました。自分の来世を真剣に考え、自分の生命が尽きるときを、あらかじめ覚悟するためです。余裕をもって死を迎えようという姿勢からだったに違いありません。

お遍路も、死出の旅に出るという覚悟で真っ白な死に装束で歩き出すわけです。お大師様と二人づれで杖《つえ》をついて歩いていくのは、もしも途中で自分が身罷《みまか》ったら道端に埋めて杖を立ててくれという意味だといいます。お遍路さんの身なりは、そのための象徴的な服装であり、宗教的な身支度であったわけです。

そんなふうに、昔の人たちはある種の宗教意識がありました。この世を去って次なる世界へ行くという意味で、死への旅立ちに対しても、そのための修練を一生懸命していました。死ぬことの予備学習をするということが、余生の過ごし方の大きな部分であったのではないでしょうか。

しかしいまの日本人には、宗教観というのがほとんどありません。たとえばキリスト教の熱心な教徒やピュアな仏教の門徒の人たちは特異な例で、一般的にはそういう宗教意識は日本ではなくなっています。死後のことを考えるときに、いまの普通の日本人には、来世とか浄土という感覚はあまりないと思います。

そうなってくると、死ぬ時に旅立つ先にあるのは虚無《きょむ》であり、暗黒の宇宙ということになります。だとすると、死んだ後は「宇宙のごみ」になる、あるいは「自分がただ消滅する」という感覚しかありません。

けれどもやっと今少しずつ、棺《ひつぎ》の中に収められて蓋《ふた》を開けてはいけないと言われていた人間の最後の締めくくりを、少しオープンに考え、それを論じようという気風が生まれてきているのではないでしょうか。棺の中に入り、蓋をしてしまってそれで良しとするのではなく、人間の最期の姿をこの目でたしかめてみよう、ということなのです。

延命だけが残された唯一の道なのだろうか

「終わりよければすべてよし」と言いますが、余生をどう過ごすかというのは、余命が尽きるときに慌《あわ》てたり、じたばたしたりせずに、余裕をもってそれを受け止めるということに尽きます。

長生きが幸福なのかという大きなテーマが露呈してきた今日だからこそ、「終活」などという言葉が生まれてきたのだと思います。

テレビというのは世の中の風潮にものすごく敏感ですから、そういう世間の動きをいち早く予知して、「終活」に材を採ったテーマをよく組むようになったのです。

いよいよわれわれは自分たちの行く末、逝き方を、現実的に、真剣に考えなければならないときが来たのかな、という思いがしています。生きていくということと同時に、死ぬということもきちんと考えなければならない。そういう時代なのではないでしょうか。

そういうことについて思いをめぐらせながら、超高齢化時代の逝き方についていろいろと考えをめぐらせてみたい、というのが本書のテーマです。

いまは、八割以上の人間が病院で亡くなっています。なかなか自宅で死ねる環境ではないということは誰もがわかっています。けれども、病院は本来、病気を治す場所であって、現実には安らかに死を迎えられるような環境ではないし、そういう場所でもないはずです。

それはある意味、当然のことなのです。いままでの近代医学は人を生かすことを目的としてきました。延命こそが絶対であって究極の治療である、というのが医学の根本の真理であった時代が、今もってずっと続いてきました。

現実には、特にヨーロッパの先進諸国などでは、人間をどこまで生かすかという問題に対しては非常にドライな立場に立っているようですが、建前としては一日でも長く生かしておきたいというのが、近代医学の原則です。

ご本人がどんなに苦しんでいようが、意識がなかろうが、生命というのは存在するだけで尊いものだという近代的な意識の中で、日々延命措置が行なわれている。けれども、こういう延命措置に対しての疑義が、いまあちこちでたくさん出てきています。

かつての日本を含めてあらゆる国でも『楢山節考《ならやまぶしこう》』的な世界があったのですが、そのことに触れるのは、これまではややもするとタブーのような感覚がありました。生き方を論じるのはいいことだけれど、人の逝《ゆ》き方、去り方を論じるときは、声高《こわだか》になってはいけないという雰囲気があったはずです。

けれども、今は少しずつ、死を語るということのタブーが薄れてきたのかな、という感じがするのです。

逝《ゆ》き時は何歳くらいだろうか

いまの時代、長生きをすることがはたして幸せかどうか。

百歳以上の長寿者の約八〇％ぐらいは、寝たきり介護の状態にあると言います。寝たきり介護の状態というのは、自分でトイレにも行けない状態です。加えて、八十歳以上の人の三〇％ぐらいが認知症を患《わずら》う傾向があるといいます。

人間的尊厳ということを考え、クオリティ・オブ・ライフということを考えると、ただただ長生きをするということだけで老いにまつわるすべての問題を解決してしまっていいのでしょうか。

八十歳すぎで亡くなる方のほとんどは、死後解剖すると進行性でない老人の癌を抱えていると言われています。けれども、それはそれで自然のことだと思う。体にいくつものそういう故障を抱えながら長命するのは、よくあることです。

しかし、意識とか脳にそういう変異が見られる状態、いわゆるぼけ老人のかたちで生き続けるのはつらい。しかも介護を受けて年間巨大な予算を消費しつづけていくとなると、経済的に考えても、国は責任をもってそれをやっていけるのかという不安もつきまといます。

厚生労働省の発表では、日本人の男性は71・19歳、女性は74・21歳が健康寿命なのだそうです。健康寿命は健康上の理由で日常生活に支障がないと答えた人の数から算出します。このくらいの年までは体が充分に動くということなのでしょう。

これまでいろいろな人たちの逝《ゆ》き方を見て、やはり人間には逝きごろというのがあるのかなと、私は思うようになりました。逝きごろはいったい何歳くらいだろう、と。

人生五十年なんていうのは、いまとなっては冗談のように響きます。はたして何歳ぐらいが人間にとって逝きごろか。生物学的に見て人間の可能性は百二十歳までとよく言われますが、普通に社会活動ができて、まわりに世話にならないで生きられる年齢ということを考えると、まあ、せいぜいが八十五歳から九十歳半ばくらいでしょうか。

老人といっても人それぞれ。けっしていちようではない

問題は、個人差があるということです。六十歳でもうすでに老《お》いたりという人もいる。九十にしていまだ矍鑠《かくしやく》たる人もいらっしゃる。老いには、誰もが認めるように個人差があるわけですが、少なくとも長命でありさえすれば幸せであるという前提は崩れている気がします。

老人はすでに社会のお荷物であり、口にこそ出さないが、ご当人も、けっして幸せな未来は期待してはいない。その中で自分の余生をどう考えるか。

聖路加国際病院の日野原重明《ひのはらしげあき》さんの書かれた本に、『「与」命』というタイトル

のものがあります。与えられた命と書いて、与命。日野原さんはクリスチャンだけあって、命というものをとても真面目に、真剣に考えていらっしゃるようです。

日野原さんは人間や人生に愛を感じ、そして積極的に人生にかかわってこられました。そして日々摂生《せっせい》をし、世のため、人のために尽くそうとつとめておられる。読んでいても、自然と頭が下がってしまいます。

しかし、実際に百歳を超えてまだ社会にかかわり、しかも感謝の日々を送れる、そんな与えられた命＝与命を全《まっと》うしている人というのは、例外中の例外ではあるまいかとも思われてくるのです。私などからすると、そういう人は、普通の老人とは違うスーパー老人という感じなのです。

八十を超えた元気な老人で、ポルシェのようなスポーツカーを運転する人が時々います。けれども一般のドライバーからすると、なんとなく迷惑な気もしないではない。私は六十何歳でいちおう現役のドライバーからは引退しました。免許証も返そうと思ったのですが、若い友人が、「持っていたほうがビデオを借りたりするときに便利ですよ」と言うので、持っているだけは持っています。なぜ運転しないかというと、自分の反射神経とか運動能力、視力が、年々落ちていくことを実感しているからです。

昔は新幹線に乗っていて、駅を通り過ぎるときに、いつもパッと駅名を見て、三河安城とか岐阜羽島なんていうのが一瞬にして読めた。それがいまは目の前でスッと流れていってしまいます。それだけ動体視力が落ちているのです。

年とともに動体視力が落ちる、反射神経が衰えてくる。それから右・左の動作を時にして間違えることがある。ふと物を落としたりすることもあるし、時々ガシャンと物を倒したりすることもある。

たとえば片足で立ち続けている時、老人はふらつく時間が多くなってきます。そんな体のことを考えると、車に乗るのが怖《こわ》くなってくる。車に乗るということは人命にかかわることですから、ある時期を過ぎた高齢者はやはり自粛しなければばいけないと思うようになりました。

九十を過ぎてもポルシェを運転するのは勝手だけれど、社会にとっては正直言って迷惑なのです。いくら格好よくても、危ないものは危ない。テレビではそういう人たちを一方的に称賛したりするのですが、はたしてそれでいいのでしょうか。

スキーヤーの三浦雄一郎《みうらゆういちろう》さんなどはエベレストに挑戦するために、二キロ、三キロの重りを足につけてハードトレーニングを欠かさなかったそうですが、あの人は特別な人、スーパー老人なのです。

そういう人たちだけをテレビは取り上げて、ヒーローのようなかたちで扱います。しかし、大半の寝たきりの人たちは、そんなテレビをどういう気持ちで見ているのだろうかと、ふと思ってしまいます。あんなふうに元気でありたいと思うよりは、自在に動けない自分にものすごいコンプレックスを覚えるのではないか。「あんな人もいるのに、この自分は」という思いで、身をさいなまれるような感じになるのではないか。

生命の基本として、人は例外なく老化していく。八十歳を過ぎてなおかつ、正常にいろいろな活動ができていると思うのは、人間の思い上がりかもしれません。頭もしっかりし、動作もしっかりしてはいても、目に見えないかたちで、老いというのは誰にでも忍び寄ってきているはずなのです。

「お迎え」は本当にくるのか

いま社会はこぞって、生涯現役ということを勧めているような雰囲気がありますす。けれども、身体の衰《おとろ》えということから見ますと、実際の労働の現場は、老人にとってなかなかつらいものがあるはずです。

六十五歳定年制が言われていますが、六十歳を過ぎて六十五歳まで雇ってくれたとしても、現場の第一線には置いてくれないはずです。特別の人脈や能力を持っている人は別ですが、普通の人は閑職でしょう。酷なようですが、それは自然の成り行きなのです。人間は体だけでなく意識も知能も、悪いほうへ悪いほうへと劣下していくわけです。これは自然なことであって、仕方のないことなのです。

親鸞《しんらん》のいう「自然法爾《じねんほうに》」ということについて、難しいことを言う人がたくさんいますが、親鸞のような律儀な字を書く潔癖症の人でさえも、晩年は目が衰え、字も乱れました。手紙などを見ていると、たしかに乱れている。九十歳まで生きたスーパー老人である鉄人・親鸞でさえも、やはり晩年はそうなったのです。それを衰えと見るか、自然の成り行きと見るか。

そういう自然の成り行きの中で、人は何歳までくらい生きるべきなのでしょうか。個人によって違うということはあるでしょう。けれども違うといっても天地ほど違うものではないはずです。

そのことをわかった上で、たとえば老人の一人一人にＡＢＣＤと人間の身体度にレッテルを貼るわけにもいきません。初心者マークや高齢者マークは世の中にあるけれど、そんなＡＢＣＤマークをつけて歩くわけにはいかないでしょう。そもそもそんな区別をつけるのは、実際には難しい。

昔でしたら、信仰している宗教などがなくても、天罰が当たるとか、お天道《てんと》さまが見ているとか、人は自然に考えていました。また、ある種のアニミズム的な宗教観がある人たちは、浄土《じょうど》へいくとか、来世《らいせ》があるとか、お迎えが来るとか言っていました。

シルバー川柳の中に「お迎えはどこから来るのと孫が聞く」というのがありました。これはおじいちゃんが、「早くお迎えが来るといいね」とか、「そのうちお迎えが来るから」と、口癖に言っているのを孫が聞いて、「どこからお迎えが来るの？」と素直に聞いているわけですが、そういう感覚がいまはもうないのです。

いまは子どもたちが亡《な》くなると、学校の先生なども無造作に「天国の何々ちゃんは」といったことを、決まり言葉のように言うでしょう。けれども、その天国というものは、普通の日本人には簡単にはわからない。「天国ってどこなんだ、いったいどこにあるんだ」と疑ってみて、当たり前なんです。

民俗学者の柳田國男《やなぎたくにお》が唱えた他界説という考え方に従えば、昔の一般の人たちは、人が死ぬと山の向こうの、西の日の沈むほうに逝きました。そしてお盆の時には帰ってくる。そこには、自分たちを見守ってくれる祖霊観というものがありました。

いまはそれすらわれわれにはないのですから、ひじょうに虚無的な、乾いたニヒリズムの中で余命を考えなければいけない状態になっています。

地獄・極楽はどこにある

いまどき地獄などというものの存在を、本気で信じている現代人はいないでしょう。

けれども、ひと昔前までは、そうではなかったはずです。すくなくとも、昭和の中期ぐらいまでは、地獄という言葉にリアリティーがあったのではないでしょうか。

しかし、いまや子供でも、地獄などとは口にしない時代になってしまいました。

地獄というイメージが消滅すれば、当然のことながらその反対側にある極楽のイメージも消え失《う》せる。そうすると、「あの世」という考え方そのものが成り立たなくなってしまうのです。

「人は死ねばゴミになる」

と、お互い口にこそ出さないけれども、自然にそう納得して生きている人が大半でしょう。病院で死んだあと、そのまま火葬場へという直葬《じきそう》方式が次第に増えているのも、時代の流れかもしれません。

しかし、かつて日本人のあいだに、知識としてではなく、強烈な実感として、リアルに地獄・極楽というものが信じられていた時代がたしかにあったのです。つい数十年前まではそうだったといえます。

極楽、浄土などの世界が憧れられたのは、頭だけで考えた単なる観念からだけではない。そこには、恐るべき地獄への恐怖が具体的な形であったからなのです。

その地獄のイメージは、数百年、いや、千年、二千年をかけて、この列島の中で育てられてきました。

古代インドにさかのぼるまでもなく、地獄のさまは私たちのご先祖さまから語り伝えられた世界でした。

エンマさまという地獄の王がいて、嘘をつく者の舌を抜くという。賽《さい》の河原には地獄へ導く鬼たちが待ちかまえている。中世の地獄草子は、いまのコミックよりもはるかに強烈なヴィジュアル効果で、地獄の世界を描いてみせてくれたのです。

私が子供の頃でさえ、地獄の恐怖はリアルなものとして生きていました。人びとはその地獄行きを逃れるために、信心を求めたといってもいいでしょう。

そして浄土の歓《よろこ》びは、地獄の恐怖と表裏一体をなしていました。いま地獄への実感が失われた時代に、理想世界としての極楽への憧れが本当に成り立つものでしょうか。地獄の喪失は、イコール極楽の喪失といってもいいと、私は思うのです。ひとことで「極楽」といいますが、昔の人はいったいどんなイメージを抱いていたのだろうか、と考えることがあります。

「極楽」というのは、当然ながら中国渡来の言葉です。

〈これより西方十万億の仏土を過ぎて世界あり、名づけて極楽という〉と、古い経典にあるのだそうです。中国やわが国では、浄土信仰の対象として、「極楽浄土」という表現が多用されました。

私たち現代人のイメージとしては、なんとなく金色に輝き、そこかしこに蓮《はす》の花が咲き、空に天人が舞うような絵柄が頭に浮かんできます。

けれども、浄土に往《い》って成仏する、仏になる、と説明しても、いまひとつはっきりしません。

この世は闇だ、という感じ方もあります。極楽とはその反対で、どこまでも光に満ち、明るい世界である、と説明する人もいます。

しかし、明るいばっかりでは退屈だろう、影があればこそ光の部分が幸せに見えるのだ、などとひねくれた意見もこの世にはあるかもしれません。

宗教辞典などを引くと、極楽についても、地獄についても、こと細かく述べているのですが、どうもいまひとつピンとこないのです。

それはきっと、現代の私たちには、日ごと夜ごと絶えまなくうなされる悪夢の地獄世界というものがないからではないでしょうか。

地獄の恐怖がなければ、極楽への熱い憧憬《しょうけい》もない。極楽浄土への思いがなければ、一般に宗教というものは成り立たないのではないでしょうか。

宗教は死後のためにあるのではない。生きている現在を活性化するためにある。

往生と成仏はちがう、と近代日本で活躍した仏教思想家の曽我量深《そがりようじん》師は言いました。その考えの上に立って、私は、死を怖れることなく往生できる、という思想だけが、かろうじて現代社会の信仰を支えることができるのではないだろうか、と考えています。これは、いうなれば脱地獄・脱極楽の思想です。

死んだあとどうなるか、などという質問には答えようがないのです。そもそも、そういう質問そのものが無意味なのかもしれません。

なぜならば、死んだ後のことをレポートできる人間はいないからです。かりに説明する人がいたとしても、それはただの想像にすぎないでしょう。

ブッダは死後の霊魂の存在について、何もいいませんでした。仏典に記されている「無記」というのは、黙して答えなかったということです。

それにしても古代以来、「あの世」についてなんと多くのことが語られてきたことか。見てきたような「あの世」の描写は、どれもこれも呆《あき》れるばかりに細密です。

仏教国の国々では、お坊さんが絶対の信頼を保持していた時代が長く続きました。その偉いお坊さんが説く地獄・極楽の存在を疑う者は、まずいませんでした。

絵画、物語り、演芸、歌謡など、あらゆるジャンルの芸術、芸能が死後の世界を描いてみせます。そこで描かれた地獄も、極楽も、ただの空想の世界ではなかった。リアルな存在として、人びとの無意識に刷《す》り込まれていったのです。

中世を迷信の時代、と呼ぶ学者もいました。呪術的なもの、悪霊や奇蹟《きせき》が生活を支えていたからです。

中世を経て近代、現代と移り変わっていく中で、人びとはその夢から、空想の世界から目を覚ましてきたかのように見えることがあります。しかし、現代の私たちの中に、そのような迷信的感覚がいまだ生きているかどうか。

　私は自分で、合理主義者の一人だと思っています。しかし、ゲンをかついだり、特定の数字を忌《い》んだりする感覚は、けっして消えてはいません。

　来世を信じていないにもかかわらず、ふと、もう一つの世界を思ったりもします。親しい友人に先立たれた時など、

「そうか、君は先に往《ゆ》くのか。いずれまた向こうで会おうぜ」

などと、ふと心の中でつぶやくこともあるのです。

　私はまた、宗教は死後のためだけにあるのではないと考えることがあります。宗教というものは、死ぬまでの人生を、生きている現在《いま》を活性化するものではないか、と。アメリカを代表する哲学者で心理学者のウィリアム・ジェームズは、「宗教はシック・マインドのためにある」と言いました。金子みすゞの視線をもってすれば、人はすべて「病める心」の持ち主です。その「病める」心のなかに呪術的世界、宗教的世界への傾斜があるということになるのでしょうが、それは

けっして中世人だけの心の闇というようなものではないかもしれない。いまの私たちの中にも宿る心の病《やまい》としか、考えようがないのです。

地獄は現世にある。この世に生きることがすなわち地獄に生きることです。そういう見方は、過去にもあったように、現在もあるのではないでしょうか。

このところ私には、アウシュビッツの地獄を体験した精神科医・ヴィクトール・フランクルの仕事をめぐって、深い共感の声が聞こえてくるような気がします。

ナチス・ドイツの時代を生きた知識人たち、とりわけユダヤ系の人びとにとっては、１９３０年代から40年代半ばまでは、現実としての地獄の時代だったでしょう。

ナチの強制収容所は、さしずめその象徴です。その極限状態を生き抜いたフランクルの声が、いまなお私たちの胸を打つのは、実際の地獄を体験した人の言葉だからではないでしょうか。

人間が人間としての、誇りと信念を持って生きる限り、地獄もまた人間的な世界になりうるという信念には、黙ってうなずくしかないのです。

地獄がこの世にあるとすれば、極楽・浄土もあっていいはずです。けれども、この世の極楽を体験した人のドキュメントがほとんどないのはなぜでしょうか。

親鸞は回心《かいしん》（信の定まること）するときに、人はすでに浄土に生まれたにひとしいと言いました。

「臨終を待たず」

「仏の来迎を待つことなし」

というのが、彼の立場でした。すなわち、極楽・浄土は現にこの世にもありうる、としたのでしょう。

心が闇に閉されている。親鸞はそれが地獄だとし、そこに明るい光がさしこんで、生きる希望と歓《よろこ》びが湧きあがってきたとき、彼はそれを極楽・浄土と考えたにちがいありません。

しかし、それでもなお私たちは、無明《むみょう》の闇を引きずって生きるしかありません。私には、一点の翳もない澄みきった人生など、とうていありえないと感じられるのです。

地獄から遠くはなれた場所で生きて……

私たちはすでに古代的、中世的な呪術的世界を乗り越えたつもりでいますけれども、本当はそうではないのではないか、とも思うことがよくあります。

非合理なもの、見えざる世界、迷信とされるもの、そのようなものときっぱり縁《えん》を切っているつもりでも、実際にはそうではないかもしれないのです。

そういう意味では、ケガレを恐れ、悪霊を恐れた古代、中世の人間と、私たちは今もつながっているのです。

思いがけぬ不測の事態がつづくと、「厄払《やくばら》いでもするか」と、つい考えてしまう自分を、だれが完全に否定できるでしょう。

私たちはすでに地獄を信じてはいません。そして極楽をも夢見ていない。しかし、何かにとらわれている自分を感じるのです。

古来、地獄については説法の中で数多く語られてきました。地獄草子などの絵説きもありました。大道芸の中にも、地獄を見てきたように述べる芸人たちがいました。それは極楽についても同様でした。

そこで説明される極楽の姿は、現在の私たちの感覚では、とてもついてはいけるものではありません。

飲み食いは思いのまま。良い香りがあたりに漂《ただよ》い、流れる音曲《おんぎょく》は心をくすぐる。空には五色《ごしき》の雲がたなびき、地は宝石で輝き、花々は咲き乱れ、色とりどりの鳥たちがさえずる。暑さ寒さに悩まされることもなく、どこからともなく仏法を説く声が降ってくるのです。

中世人と現代の私たちを分かつものは、罪ある者として自分自身に重圧を感じているか否《いな》かという点ではないかと思われます。

いわゆる浄土教の念仏者たちには、底辺の大衆だけでなく、しかるべき武士たちも多くいたのです。

いわゆる、殺生を稼業とする者たちです。俗に「海山稼ぐ者」とされた庶民たち以上に、武士は直接に人の命を奪うことを専業とする者たちです。初期の武士団は、そのようなプロの集団でした。田畑を耕す者も、商いをする者も同じ罪ある存在としておのれを自覚していた時代でした。

現在の私たちが清らかな世界（浄土）に生まれることを切望しないのは、その罪の重圧を感じていないからにほかなりません。すなわち、地獄の存在から遠くはなれた場所に生きているということなのです。

現代人にとっての目下の不安は、たぶん経済的な問題でしょう。生活苦の重圧のほうが、魂の不安よりもはるかに大きい。死後の地獄のことなど、ほとんど実感がなくて当然なのです。

南海トラフの危機とか、ハイパーインフレへの不安とか、国家財政破綻の恐れとか、さまざまなストレスが私たちの心にのしかかっています。癌や放射能への不安もある。そこに、来世の地獄のイメージが入りこむ隙間はありません。

地獄への、身をもむような重圧がない世界に生きている者にとって、極楽浄土への希求はない。そもそも、「輪廻転生」の死生観を切断するものとしての極楽・浄土という発想が、私たちにはないからです。では、私たちはどこへいくのか。その根源的な問いすらつきつめて考えることのないのが、「いま」なのです。

第三章

人には、逝《ゆ》き時というものがある

死ぬ時間がどんどん先に延びていく

人間の体を襲うさまざまな病気は、ほとんどが生活習慣病だと、よく言われます。けれども、私は、本当にそうなのだろうかと思うことがあるのです。生活習慣病だと一言で言われると、そういう病気に罹《かか》る人は生活習慣の悪い人で、日頃の行ないが悪い人、ということになってしまいます。

「癌だって、その人の生活が悪いからだ」「悪い食生活で癌は発生するんだ」と言われてしまうと、癌に罹って体の衰えを感じる人たちにとっては、生きていくことがますますつらくなってしまう。世間から責められているような感じさえします。

そしてまた私は、要介護の状態を迎えて、老人ホームで高齢の人たちが輪になって、若いケア・マネージャーから指導されてタンバリンを打って、童謡か何かを歌っている姿を見ると、何とも言えない複雑な気分になります。自分だけはあんなふうになりたくないと、勝手ながら考えたりもするのです。

とりあえずいま、はっきり見えることは、これから先も高齢化は確実に進んでいくということです。日本の将来がインフレになるかデフレになるかよくわからないというのに比べると、このことだけは確実にわかっているのです。右を見ても左を見ても、超高齢者の世界になるでしょう。これは他人事《ひとごと》ではなく、いま六十歳の人は確実に九十までぐらいは余命があると思います。場合によっては百歳まで生きなければならないかもしれない。

しかも八十、九十、百と年を重ねていく時間が、花が咲くような充実した老後ならいいのですが、実際のところ本当はそんなものではないのです。「気持ちの理想さえ失わなければ、人は永遠に青春である」などという類《たぐい》の額を壁に掲《かか》げて喜んでいる人もけっこういますが、いやいやどうして、そんなものでもありません。老化の現実というのは、悲惨なものなのです。

いま私たちは、自分たちの人生の最後、その最終期のことを真剣に考えなければいけない時期にさしかかっている。さしかかっているというより、そういう時期に突入していると言ったほうがいいでしょう。

昔は六十歳といったら立派な老人でした。六十歳の人たちのお務めとしては、お寺詣りというものが、まずはありました。孫たちが元気で、自分は幸せにあの世へ逝《ゆ》けるようにということを祈願しながら暮らしていけた、いわば古き良き時代の産物が寺社詣でてでした。

日本人の平均寿命が五十歳に達するのは戦後です。そのことを考えると、爆発的な長寿がこの日本で進んでいるといえるでしょう。日本人の長寿はさらに、国民保険制度と医療の進歩によって、これからもますます加速されていきます。このことが、私はとても大きな問題だと思うのです。爆発的な勢いで進行する高齢化に対して、われわれの心の準備はほとんどできていないからです。

心の準備ということでいえば、自分の老化を自覚できるというのも、いうなれば一つの才能ではないでしょうか。時に、自分がいつもと比べてちょっとおかしいということに、気がつかない場合があります。「あれ、おかしいな」ということに気づいて、洗面台などで物を倒したりするときに、「これは平衡感覚が失われてきたのだな」と納得がいく人は、まだいいのです。

けれども、心や体の不自由さを案外気にしない人が多い。徘徊《はいかい》老人と言われる人たちは、なんで自分があんなふうにしているか、納得できない人が多いわけです。

八十歳を過ぎてもなおその先の十年、二十年、人生がつづいていくという覚悟をしなければいけない。私たちの将来の、現実の姿を直視しなければならない。自分の意識が曖昧《あいまい》になってしまったときには、自分で自分の人生を締め括《くく》るということさえもできなくなります。このことは覚えておかなければいけません。

最近は、倒れて意識を無くした後の延命措置はできるだけしないようにと、その約束事をきちっと紙に書いておくことも多いようです。たとえば、水分の補給はしない。水が飲めなくなったらもうそのままにしておく。食べられなくなったら胃瘻《いろう》をしない。あるいは透析をやらず人工呼吸器をつけない。そういうことを元気なうちに周囲の人たちに言っていれば、平均寿命はそれだけで確実に下がります。

巨大な産業となった医療の世界

現代の悲劇は、医薬産業が巨大産業になっているということです。

いまは厚労省も医師会も一体化して、できるだけ厄介《やっかい》な病気の、早期発見・早期治療をしようということに血道を上げている。けれども私は、暴論のようですが早期発見というものは、実は非常に問題があると、以前から思っているのです。

私の知り合いに、こういう例がありました。

その人は自分の体のことにとても慎重な人で、必ず年に一回か二回は人間ドックに一週間ぐらい入って検査をしていました。あるとき思いもよらぬ事故が起きました。検査をした後に医師から、「胃に小さなポリープがありましたから、三つ、四つ取っておきました」と、軽い調子で言われたのです。

その夜、腹痛がひどくなって我慢できなくなり、看護師さんを呼びましたが、「大丈夫でしょう」と言われて片づけられてしまった。奥さんが心配して走り回っても、「まあ、明日まで様子を見ましょう」という話になってしまう。実は、その時すでに、お腹の中はものすごい出血をしていたのです。それで何カ月も入院しなければいけなくなった。この例でもわかるように、「ちょっとしたポリープをつまんでおきました」なんてことは、普通常識的に行なわれているから、かえって怖いのです。

こんな話を聞きますと、いまの医療制度が押し進めている早期発見・早期治療というのも、かなり問題があるのではなかろうか、と思ってしまうのです。

医学常識というものは年々、変わってきています。

血圧の問題一つとっても、基準値が以前に比べるとどんどん下がってきているわけです。最初は上が一六〇、それから一四〇、いまは一三〇くらいではないでしょうか。

そうなると、日本国民の二千万とか三千万人が高血圧になってしまう。適正血圧に戻すための治療薬の金額ということからいうと、ものすごいことになってくるのです。きちっとしたエビデンスがないにもかかわらず、どんどん人為的に高血圧の基準値を変えてしまうのです。老人は多少血圧が高くなければ、もともと動きが取れません。

メタボリックという問題も、一時は大変な騒ぎでした。メタボは人にあらず、のような騒ぎだったのですが、いまは少々ふっくらした体つきのほうがいいとも言われています。

また、コレステロールを善玉菌と悪玉菌に分けて、「悪玉菌を退治して善玉菌を増やせ」なんてことも言う。けれどもそのどちらにも属さない日和見菌《ひよりみ》といわれるものもいっぱいあって、その菌はその時々で善玉菌と悪玉菌のどちらか優勢なほうにつくらしい。悪玉菌と言われているものも、これはこれでこの世になくてはだめなようで、悪玉菌があってこその善玉菌なのだから、その二つの対立の中で善玉菌が活躍できる、という説も出てきているのです。

われわれは刻々と変わるそういう医学常識に、いままでいかに振り回されてきたか。そう考えると今さらながらに慄然《りつぜん》とするのです。

医学常識があっちこっちに行ったり来たりするのは、いま現在もそうですし、これからもそういうことがつづいていくでしょう。ある本は、長生きしたければ肉を食うな、と言っています。牛乳は飲むな、塩分は摂《と》るな、肉は食べてはいけない、と言う。またある本は、肉はどんどん食べろ、と言う。高齢になるほどタンパク質を摂れ。チーズを食べろ、牛乳も飲め、卵も食べろと言っていて、困ったことにそれぞれにそう主張する理由があります。

そういう、対立する意見の人たちを対決させるような舞台を、この国のジャーナリズムはなぜ作らないのだろうかと、私は不思議で仕方がありません。放射能に関しても、たとえ微量の内部放射でも悪影響があるという説の人もいるし、少々の放射能はあったほうがいいんだという説もある。いろいろな意見、見方が錯綜《さくそう》していて、われわれ普通の人間には専門的な意見のどれが正しいかが、まったくわからない。わからないままに、次から次へとコロコロと変わっていくのです。

医学の世界の定見は、本当によく変わります。これを単なる流行と考えたほうがいいのか、研究の成果と見るべきなのか。権威ある学会の論文でさえも十年、二十年も経《た》つと定説がひっくり返るようなことが次から次へと出てくるから、医学の素人《しろうと》としては困ってしまうのです。

私は結局のところ、もうこうなっては、自分の直感というか、動物的感覚を信じて生きていく以外にない、という考えです。それで、自分を納得させているのです。

死んだ後は何もない。ただのゴミ。――本当にそうなのだろうか。

自分の余命というものを、人は感じることができるのかどうか。本当か嘘かわからないけれど、よく知られた話に野生動物たちが自分の死期が迫ってくると一人静かに群《むれ》から離れるというのがありました。とりわけ、象の墓場の話は有名です。

野生の動物たちは、当然のことながら、延命措置などは受けないわけです。しかし人間を診《み》る近代医学は、生きてさえいればどんなかたちであっても死なせてはならない、これがもっとも大事である、としています。これは、近代のヒューマニズムに由来する、生命尊重の考え方からきています。

そういう考えに、現代の医者も患者もいまだにしがみついている。そのことに疑いをもつ人はいないでしょう。そう考えていくと、ルネサンス期のイタリアの知識人たちが机上に置いて、いつも眺めていたという「メメント・モリ（死を想《おも》え）」という言葉は、いまでは当時とは違う感覚で生まれ変わってくるのではないでしょうか。

ルネサンスというのは、生命尊重を唱えたヒューマニズムの母胎です。あの当時の「死を想え」というのは、庶民であろうと、百姓であろうと、貴族であろうと、命は大切だというところにまずは基本があるのです。

生が、命が、何よりも大切なものだけれども、それがよくわかった上で死のことも忘れてはいけない、というわけなのです。そこにはルネサンスのヒューマニズムの曙《あけぼの》みたいなものが暗示されていたのだろうと思いますが、いまはちょっと違う意味で「死を想う」時代なのではないでしょうか。

戦前から戦中までの日本人の心の中には、自分がこの世を去った後のこととか、そういうものに対する思いというのが深くありました。かつての日本人には、現役を退《しりぞ》いてリタイアしたあとの仕事の一つが「メメント・モリ」というか、死を思い描くというものだったのではないでしょうか。

いま私たちは、そういう心のありようから遠く離れて生きています。そうなると、死んだあとはもう何もないという、巨大なニヒリズムが残るだけです。

何かに託《たく》して来世を考えるということができない。天国へ行くと言っているのは口先だけのことですから、誰も本気でそういうことを考えていない。

だから自分の死というものを、モノとしての身体がなくなるという、具体的な物理的な死としか考えられない。そんな状況の中で、私たちは死を想い、死に何かを託せるのでしょうか。

戦前までの農村の人たちは、ほとんどが神社とお寺に通いつづけていましたから、無意識のうちに宗教的雰囲気の中で育っています。その人が具体的に何かの宗教観を持っている、持っていないではなくて、それは空気のようなものなのです。

詩人の金子《かねこ》みすゞを生んだ山口県の大津《おおつ》郡仙崎《せんざき》村という土地は、浄土真宗の盛んなところです。かつてクジラ獲《と》りがたくさんいて、クジラの慰霊碑がそこかしこにあります。自分たちが川に網《あみ》を引き、海にすなどりをするという生き方が、普通の土地です。殺生をしながら生きているという、そんな自覚の中から、彼女のお母さんが、自分の借りていた部屋の二階で『歎異抄《たんにしょう》』の講読会をやっていたそうです。

金子みすゞ自体に親鸞とか浄土真宗とかの影響はないけれど、彼女は子どもの頃にそういう雰囲気の中でお念仏を唱《とな》えている家族の後ろ姿を見ながら育っているのです。そういう雰囲気が詩人の心の中に空気感染するのです。だから「大漁」なんていう、生命をいとおしむ詩が出てくるわけです。

それから宮沢賢治《みやざわけんじ》は、お父さんが浄土真宗の門徒で、暁烏敏《あけがらすはや》などを自宅に呼んで講義をしてもらうくらいの熱烈な信者でした。宮沢賢治自体は、たぶん隠《かく》れ念仏《ねんぶつ》に対する違和感からだと思いますが、土着的な浄土真宗の念仏の姿勢に飽き足りませんでした。彼は国土改良をするとか、生活を改善して民衆を救うという情熱に燃えていました。けれども浄土真宗というのは、具体的にはそういうことをやらない。つまり、実際活動はやらないのです。

そして法華経の世界、実際に人々を救う立正安国《りつしょうあんこく》のほうに傾倒していって転宗します。転宗はするのですが、彼は、正信偈《しょうしんげ》をすでに子どものときに諳記していたというような雰囲気の中で育っています。だから宮沢賢治の中には、やはりどこか浄土真宗の空気というようなものがあるのです。

私は愛知県の半田《はんだ》というところに呼ばれて行ったことがありますが、『ごんぎつね』で有名な新美南吉《にいみなんきち》の家も浄土真宗です。金子みすゞ、宮沢賢治、新美南吉という三人は、同じ浄土真宗の雰囲気の中で子ども時代を過ごしていた。「新美南吉と親鸞像」とか、そんな内容の論文はまったくありませんが、どこか見えないところでこの三人の創作世界の中に宗教的な雰囲気というものがあるのは否《いな》めません。

メディアが伝えない老後こそ、本当の姿ではないのか

北欧先進諸国の中で、以前から老人がひじょうに多かったスウェーデン、フィンランド、ノルウェーといったところは、延命に対してどこかドライです。ヒューマニズムが根づいた国ではあるけれど、ヨーロッパの人たちは総じて延命に対してはドライであるようです。

この間、「愛　アムール」というフランス映画を観《み》ました。観ているとつらくなる映画でしたが……。クラシック音楽を愛して、慎《つつ》ましく老後を暮らしている奥さんに、痴呆の状態が徐々に訪れてくる。そして最終的には旦那さんがその奥さんの命を断《た》つということになります。同時代の人たちにとっては、かなり身に

つまされるものがあった映画だったのではないでしょうか。パリのアパルトマンの中の話ですから、自宅での介護をどうするかという問題もあるのです。

けれども、あの映画の中の介護は、おむつの問題などのしもの世話の話までは入っていない。本人がやたらと反抗的になって乱暴に振る舞ったり、罵詈雑言《ばりぞうごん》を吐いたり、徘徊したりするという悲惨なところまでは、いっていないのです。ところが現実は、そのようなことが問題になるわけです。

いまメディアはこぞって、幸せな老後、満たされた老人像といったものを盛んに報道していますが、そんな恵まれた老後を送っている人は、この日本ではほんの一部の人たちでしょう。ＮＨＫが孤独死という観点から番組を作って話題にはなりましたけれど、いまはもう、とりたてて孤独死というのは珍しい問題ではありません。

いま、単身の一人暮らしをしている老人の数が、どんどん増えてきています。さまざまな制度を利用すれば、病院ではなくて在宅で介護も受けられるし、自分が家で死を迎えることもそんなに難しいことではない、ということもあるようです。

一人暮らしの老人が増えるに従い、これから先、「孤独死イコール寂しい死に方」という発想は、薄れていくのではないでしょうか。

余命といっても、本当のところはわからない

ブッダの生涯で私がとても印象的なのは、最後の最後に、彼が行き倒れて死んだということなのです。このことを知って私は、ブッダという人は信用できる人だなと思いました。八十歳を過ぎて霊鷲山《りょうじゅせん》を出て、ガンジス川を越えての放浪の旅の最中、クシナガラという村の林の中で倒れ、食中毒で死ぬわけです。

何ともいえない、人間的な死に方です。芭蕉《ばしょう》も「旅に病《や》んで夢は枯野をかけめぐる」という句を残してます。やはり、ブッダ同様、芭蕉にとっても理想の死と

いうのは、野垂れ死《のたじ》にだったのではないでしょうか。

山折哲雄《やまおりてつお》さんがどこかで話していましたが、西行法師《さいぎょうほうし》が「願わくは花のもとにて春死なむ」と言って死んだのが、「その如月《きさらぎ》の望月《もちづき》のころ」。だいたい予告どおりに二月十六日に死んでいるわけですが、これはあらかじめ五穀《ごこく》を断《た》って、水を少しずつ減らしていって、タイミングを合わせてその死を迎えたのではないだろうか、ということでした。簡単に言うと、自死ということになるでしょう。

西行法師の世の去り方、逝き方を、同時代の延暦寺《えんりやくじ》の座主《ざす》だった慈円《じえん》などという人も、大いに称賛しています。当時、西行の死は、人々の憧《あこが》れと称賛の的《まと》になっていたのです。世を去る、その去り方が見事だったということです。

私たちの世代は少年時代に戦争の時代を体験しているので、二十歳《はたち》まで生きるなどとは、これっぽっちも思ってはいませんでした。戦後、戸惑《とまど》いながらも長生きをしてしまったという世代なのです。与えられた命ではなく、それこそ余った命、いい意味での余命という感覚がいまだに強く残っています。それでも現実に、死に直面してみないと、その時になって初めてジタバタするのか、あるいは不安と恐怖を覚えるのか、まったく見当がつかないのです。

他人のケースはあまり当てになりませんが、少なくともいま、私の頭の中にあるのは、「長命イコール幸福」ではありません。それなのにメディアはひたすら「長命イコール幸福」で押し通している。あいかわらず長命ということに無限の称賛があるとしているのです。私たちの元に届くのは、こんなに元気で暮らしている人がいる、素晴らしいことではないか、という礼賛一辺倒のニュースばかりです。

しかし実際には、当事者のお年寄りたちにとっては、そんなに楽観的な思いばかりではないはずなのです。

やはり、どうしても不安なのです。そして、できれば誰もが、どこかの時点で理想的な死に方をしたいと思っているに違いありません。

まず、その理想的な死に方というものには、どういうイメージがあるのでしょうか。体が弱ったらそのまま数日間寝て、そのまま逝くという感じでしょうか。普通に考えると、一番身近なイメージは、安穏死《あんのんし》ということになるでしょうか。つまり、苦痛や苦しみ、肉体の抵抗を抑《おさ》え込んで、もがき苦しみながら昏迷《こんめい》して死ぬというかたちではなく、誰もが眠るように死にたいと思っているのです。けれども、昔のように孫や子どもたちに囲まれて死に水をとってもらって、みんなの号泣《ごうきゅう》の中で安らかにあの世へ送られるというような時代は、もう来ないでしょう。

夫婦二人で暮らしている場合には、とてもじゃないけれど奥さんに介護を頼むわけにはいきません。最終的には自分でアパートを借りて、いわゆる孤立死を迎えるということになります。

場合によっては、地域で介護を受けることもあるでしょう。けれども、そういう地域の介護の中で十二分に看取《みと》られて死ぬ、というのも、普通の人が思い描く理想の死とはほど遠いもののようです。

病院で死ぬのも理想ではないはずです。それでは自宅はどうか、といっても、いまは一家団欒の時代ではないですから、さて、そうなるとどうするか。

余命を宣言するということ自体が間違いだ、と言う人もいます。余命といっても本当のところは、わからないのだから、そんなことは言うもんじゃない、と彼らは言います。医師としては、余命を大目に言って余命より短く死んだと言われて非難されるよりも、三カ月と言って六カ月生きたほうがいいに決まっています。そうであれば、やはりそういうふうに言うでしょう。だけど、そもそもそれは、言ってはいけないことではないでしょうか。なぜならそれはわからないことですから。

ほとんどの人は、宣告された時間より長く生きているようです。延命治療をしていなければ、早く逝くことになるのは当然です。最近は安眠治療とかいって、鎮静剤のようなものを打ってずっと眠らせたままで三カ月も、半年も、一年も人を生かすことができるそうです。

ところで、日本の総医療費のかなりのパーセンテージが人間の死の数日前とか、死の直前何時間かに集中しているという話があります。その時間においては、もうすべての人事《じんじ》を尽くして治療するわけですから、この薬は高いとか何とか言っていられない。

ＮＨＫの番組で見ましたが、末期《まつご》の癌に冒《おか》された身寄りのない老人が「そこまでして少しでも長く生きたいか」と聞かれて、「生きたい、生きたい」と言っていました。

私はそれを見てとても驚きました。行くところもなく転々とさせられる悲惨な状態の中で、それでもまだ、本当に命の終わりが迫ったときに「延命治療を受けたいと思いますか」と聞かれたのです。当然「いいえ」と言うと思っていたら、考えた末に「やってほしい」と言ったのですから、ショックでした。人間というものの欲望の中にはいろいろあるけれど、命の存在欲というか、生存欲というか、そういうものはすごいものだなと思ったのです。

なるべく長く生きるという生命への執着心が、人間には必ずあります。延命治療をするかどうかは、あくまで患者さんが決めることですが、「する」という選択肢しか社会の中で与えられていないとすると、それは問題なのではないでしょうか。「する」かどうかは患者さんが決めることで、「放置してください」と言う人がいてもおかしいことではないと思うのですが、いかがでしょうか。

死に臨《のぞ》んで何もしない医者というものは、いない

医者は病人を前にして、治療をせずにはいられない。このことは医学という人間の営みのいちばん初めからの至上命令です。当然のこととしていまの医師たちはそれを疑ったことがないはずです。近代的な医療措置、たとえば人工呼吸器をつける、あるいは胃瘻《いろう》、透析、点滴をする。

もちろん少しでも命を長らえるため、延命のためです。ところがいま、こうい

う問題に対して異論が噴き出してきています。延命のためにするこれらの処置は絶対的に正しいのだろうか、という疑問を多くの人が抱くようになってきたのです。

安らかに人が死ぬためには余計な治療はしないほうがいいのだ、余計な栄養補給をすることが人間の最期を苦しめるのだ、という説が澎湃《ほうはい》として起こってきてきました。そういうことを言っている人たちは、ほとんどが老人ホーム嘱託医とか、長年町医者をやってきた人とか、「何百人ものターミナルケアを見つづけてきた」という、市井《しせい》の人々の死期を見送ってきた専門家たちです。

妙な言い方ですが、昔でいうところの階級的医学界の最下位というか、最前線に属する人たちからの異議申し立てが、沛然《はいぜん》として起こってきた。

一方、医学界の階級の上位にいるオーソドックスな医者は、違うようです。彼らにとっては、あくまで人間の命はどんな状態であっても延命させるのが至上命題であるという観念は、揺らいではいないようです。しかし、死の現実に日々直面している臨床医が発する現場からの声が、少しずつ世の中に広がり始めていることも事実です。

アメリカでは十年くらい前に、西洋医学の治療費と代替民間療法に投ずる費用とが、逆転しているそうです。健康保険制度が確立していないとか、治療にお金がかかり過ぎるという現実的な問題も、たしかにあるでしょう。しかし、延命が至上命題であるという近代医学への疑問が、無意識のうちにアメリカの大衆の中に広がってきているのかもしれません。

いま日本でも、『大往生したければ医者に行くな』という本のような、近代医学に疑問を投げかける出版物が続々と出てきています。二〇一三年度の菊池寛賞は、そういう主張をする一人の医師が受けました。それは、とりもなおさず、いままでは一種のトンデモ本のような扱いを受けていた発言が、世間にまともに受け止められて、論じられるような状況が生まれてきたということなのでしょう。

手術を繰り返し、抗癌剤を体に入れつづけると、人の体は過剰なダメージを受けて、ボロボロになる。そんな体で、その後に残されたわずかな生の時間を過ごしてはたして楽しいのだろうか。そういうことを、莫然とではあっても考えている人は、いまの世の中にはかなりいるのではないか。

医者の世界も、さまざま……

日本人の意識の中には、明治以来このかた、西洋医学に対する尊敬の念がずっと続いています。医師はずっと、先生といわれてきました。医者という特権的な存在に対する畏怖《いふ》と尊敬の念は、長い間、きわめて強いものがあったのです。「赤ひげ先生」などと呼ばれる庶民的な医師もいたかもしれない。なんといっても医師というのは仁術を実行する人であるということで、無条件に尊敬されてきたのです。医師の前では、まずは信頼して、「先生にお任せします」というのが日本人の一つの習性のようになっていました。

患者のことを英語で「ｐａｔｉｅｎｔ」といいます。ペイシェントというのは、「苦痛を堪え忍ぶ人」という意味だそうです。たとえば治療をするのだから痛いのは当たり前、というのが昔の歯医者でした。いまそんなことをしていたら、誰もそんな歯医者になんか行きません。しかし以前は、歯を削《けず》るときでも、治すのだから患者が痛がるのは当たり前、という姿勢が一貫して続いていたのです。

ですから、ペインクリニックなどの、苦痛を緩和するような療法を専門とする人たちは、医学の世界での階級から言えば、なんとなく低く見られていました。やはり花形は脳外科、あるいは、心臓とか、血管を診《み》るような分野でした。

精神科医なんて医者じゃないと、公言する医師もいたくらいです。「人の命にかかわることはいやだという、そういう人が耳鼻科や歯科に行く」などという、驚くべき偏見を口にする医師もいたと、聞いたことがあります。

いま、医療不信の波が、まるで大衆一揆のように湧き上がってきているかのようです。そうした波の発信源は、たとえば老人ホームの嘱託医であったり、過疎の村の診察医であったり、これまでの医学の世界のヒエラルキーの中で、失礼な表現ではありますが、ややもすると軽く見られてきた人たちが少なくありません。

彼らは、非人間的な延命に異議を唱《とな》え、住み慣れた家で安らかに死を迎えることや、その他さまざまな問題を、改めて提起しています。そんな声がどんどん大きくなって、誰の耳にも届くようになってきたということなのでしょう。

大学病院や研究機関のエリート医師と違い、彼らには何千人という方たちの死を目《ま》のあたりにしてきた自負があるのです。現場の医師から燎原《りょうげん》の火の如く近代医学への疑問の声が湧きおこり、それが多くの人々の支持を集めているといっていい。

セカンドオピニオンのことがよく言われますが、「セカンドオピニオンの資料を出してください」と言ったときに、気持ち良く「はい、いいですよ」と言ってくれる医師ばかりではない。医師の側の本音としては、「自分を信頼して任せてくれる。だからこそ、よしやってやろう、俺は命がけでこの患者を救うんだという気持ちにもなるんだ」というのが担当医の本音ではないでしょうか。

最初から疑いの目で見られて、セカンドオピニオン、サードオピニオンのために資料を出してくれと言われるのだったら、「どうぞ自由にやってください。その代わり、こちらは客観的な立場に立たざるをえなくなりますよ」、ということではないでしょうか。「先生にお任せします、この命を先生に預けます」と言われれば、自分の尊厳にかけてもこの患者を治そうという気持ちになる。それは人間として当然のことです。

しかしそこには、大きな問題がある。医師と患者の間に信頼関係は必須ではありますけれど、信頼関係だけを前提にしているのでは、もはややっていけない時代なのではないかと思うのです。それはあたかも国政というものを政治家に任せれば安心だと考えているようなもので、何の責任感もない政治家に国のすべてを任せてしまうのと同じようなものです。

　ある意味でいまは、医師と患者は平等と言うとおかしいですが、病気を診《み》る際に医師と患者はある意味で、水平な目線に近づいているはずです。インターネットなどを検索して行く人たちの中には、医師よりも詳しい場合があります。

　私もびっくりしたことがあります。「怪我《けが》をした場合に消毒しないのが最近の常識ですってね」と言ったら、「え、そんな常識、冗談じゃない」と、医師に言われたことがあります。「どこからそんな情報を入れたんですか」と言われて、「あ、この人、最近の消毒の常識を知らないんだな」と思ったのです。

　最近、お母さまがたの間の常識では、子どもがすりむいて怪我をして血を出しても、消毒はしないようです。昔は必ずオキシフルを塗り、その後にシッカロールなどの白い粉をつけて、あるいはヨードチンキを垂《た》らして、その上に湿度があってはいけないというので、通気性のあるガーゼを上に当てたものです。けれども最近は、サランラップで上から密閉してしまって、あえて化膿させるというやり方が常識になっているようです。

治療のことも実によく知っているので、患者さんもいままでのように、ただのペイシェント、堪え忍ぶ人ではなくなってきている。そういうことで言えば、国政を司《つかさど》る人たちが、「国民の皆様」と口癖みたいに公《おおやけ》の場面で言うのがなんだか嘘臭いように、いまの病院で使われる「患者様」という呼び方は、私にはちょっと異和感があります。患者さんでいいと思うのですが。

安楽死への道は遠い……

言葉の使い方はちょっと違うかもしれませんが、日本語で「往生際《おうじようぎわ》が悪い」という言葉があります。

もしかしたら日本人に宗教というバックボーンがしっかりあって、神の導きで助けてもらえると信じているのだったら、日本人はもっと往生際が「良く」なるのではないかと、思うときがあります。

日本の国は明治以来、欧米先進諸国を追いかけ、追いかけして暮らしてきました。追いかけた末に、欧米先進諸国のレベルをはるかに越えて実現させたのが、保険医療制度です。長命社会というのも、保険医療制度の恩恵を受けて、結局は日本人の作りあげたものなのです。先進諸国と言われる欧米の高齢者はいまどうなっているのか。そのあたりを紹介してほしいし、教えてほしいのですが、肝心なことはなかなか伝わってきません。

スイスでは、わりとドライに安楽死できるといいます。オランダあたりもそのようです。無理にそうすることはないけれど、意識のない人間に膨大な費用と労力とをかけて、苦しみながらでも一日でも長生きさせたほうがいい、という医学の概念からして、もう一度考え直してみる必要もあるかもしれません。

そこには法律の問題も絡《から》んできます。植物人間になってしまった人に対して、最後まで最善の治療を尽くさないと殺人罪になるとか、家族が訴えられるとか、そういうことも本当に正しいことなのかどうか、今一度考えてみてもいいのではないでしょうか。

現実に私の親戚でも、癌で亡くなる間際《まぎわ》に、本人は延命処置をいやだと言い、奥さんもいやだと言っていたのですが、「人工呼吸器を付けますか」と医師に言われたときに、娘が泣き声を発しながら「付けてください」と叫んだそうです。家族がそう言ったのだから、医者は付けざるをえなくて、付ける。人工呼吸器は設置するときに喉《のど》に無理やり突っ込むわけだから、大量の出血をして大変だったというのです。口の周りは血だらけでした。

本人が苦しかろうが、意識がなかろうが、一分でも一時間でも長く生かしたいというのが、はたして愛情だろうかという思いがあるのです。愛情ではなくて、家族のエゴではないかという気がすることもあるのです。そんなとき私は、新しい生命観というものを模索してみたい誘惑にかられることもあります。

「延命治療はしません」という誓約書を本人が書いていても、実際その局面になったときに家族とか、普段あまり来ないような親戚が、「冗談じゃない、なんでそんなことになるんだ」と大声を出したら、医者も困ることになります。

ブラジルから来た人が、親族が延命治療をする様子をビデオに撮《と》っていたそうです。なぜかというと、国の人たちからあの嫁は十分に手を尽くさなかったと非難されることがいやだから、証拠として、自分は延命治療を十分に尽くしたということを残しておきたい、ということだそうです。いまの時代はそういうことも、たしかにあるのではないでしょうか。

やはり、死を考える際には、社会の常識というものを少しずつでも変えていかなければいけない、ということになるのでしょう。どんな命でも、どんなに本人が苦しくても、長生きさせることだけが幸せであるという考え方を、いったんリセットしてみる。とりあえず人工的に何かをしすぎるのは、やはりいけないことだと思い知る。命とは何か、余命とは何かということをもう一度考えてみる……。

こう考える根底のところには、一つには、延命には高価な費用がかかるということがあるのかもしれません。つまり人間の末期《まつご》が産業化している。長生きさせるということが、社会の産業になってしまっているのです。

いまはもう常識になっていますが、新しいCTスキャンとか、MRIとか、そういった機械はすごく高価なものです。どの病院もローンを組んで買っていますので、いまの税法で計算して、たとえば六年で償却するとなると、月にどれだけの人たちを検査しなくてはならないかという数字が出てきます。

大きな総合病院では、検査の回数を上げるために前の部署で撮ったにもかかわらず、次の部署に行ったらまた一から撮り直すという事例もあるようです。本末転倒もはなはだしいわけです。重ねての検査による被曝量というのはすごいもののはずだと、警鐘を鳴らしている人は多いのです。

今でも忘れられない恐山《おそれざん》の想い出

多くの人にとって、自分の最期のイメージというものは、どういうものなのでしょうか。

ごく普通の人は、そのイメージをなかなか作ることができないでしょう。作ったとしても、もし認知症になってしまえば、それがもうまったくチャラになってしまうわけです。認知症にしてもアルツハイマーにしても、自分が正常な意識を失う可能性は十分にあるはずだということを、もっと誰もが納得するように啓蒙活動をする必要があるかもしれません。そうなることを自覚する、あるいは覚悟する。そうであるのとないのとでは、大きな差があると思うのです。

よく知られているように、プラス思考、マイナス思考という二つの考え方があって、プラス思考で生きている限り人生はうまくいくという考え方が、この世の中にはあるわけです。そうなると、自分の未来をマイナス思考で考えることはよくないという考え方が出てきます。そういう考えを日本人は強く持っていますから、ややもすると現実を直視しないということになってしまう。

大切なのは、最悪のことを自分で想像しておく、ということです。その想像を日ごろからしていないと、予期せぬことが起きるとあたふたしたり、迷いに迷ったりすることになるのではないかという気がします。

その際、もし宗教の助けがあれば、無宗教よりはかなり、最悪のときの想像がしやすいということになるでしょう。

宗教の意味が根本的にどこにあるのかといえば、最終的には宗教によって死の恐怖から逃れられることにあるのだと、私は思います。ですから私は、仏教は六十以上の人でなければわからないと、よく言っているのです。

昔の人たちにとって念仏というのは、山を越え、野を越え、阿弥陀如来《あみだにょらい》という仏さんが光に包まれながら自分のほうへ近づいてきて手を差し伸べてくれ、自分を浄土へ引っ張って行ってくれることを念ずることでした。報恩感謝《ほうおんかんしゃ》の念仏とは、そういうありがたさの表現なのです。

恐山《おそれざん》に行ったときのことを思い出します。恐山には河原のようなものがたくさんあって、その中に三途《さんず》の川《かわ》があるのです。その向こうに死んだ人がいるのだと感じるのでしょう、「おじいちゃん、今年も来たよ」とか、「来年、また来るよ」とか叫んでいる人がけっこういるのです。それはもう本心から叫んでいるのであって、そういうふうに、あの世というのはこちら側の向こうにあって、あそこにはあの人たちがいる、と思っているのです。「いまにそっちに行くからね」とか大声で言っているのです。

けれども現代は、やはり生の謳歌《おうか》というか、ヒューマニズムの根本として命の尊重があるのです。命が失われることよりは、命が延びることを賛美するというところで、近代というものは成立しているわけです。

そういう現代の中にあって、現実に進行している異常な長命というのをどう考

える べきか。百歳以上の八割が介護の下にあるという現実は、じつは数字でいくら説明されてもピンとこないのです。なぜならわれわれは、実際にはあまりそういう人たちを見ていないからです。

たとえば、介護とかターミナルケアの現場を毎日ニュースショーで見ているわけではありません。見てしまうと、元気で楽しく過ごしているはずの老後の、本当の現実というものがいやでも見えてしまうわけです。これではいやになってテレビのスイッチを切ってしまうことになります。

ただ、人生の終わりをきちんと締め括《くく》ることが人生にとって一番大切なことなのではないかという考え方は、もう少し強く出てきてもいいような気がします。いざという時のために遺影を撮っておくというのも、最期のときに格好悪い写真はいやだということなのでしょう。自分の生涯をドキュメントふうに短くまとめるというのも、最期をきちんと終わろうとする気持ちからのはずです。

告別式の遺影の中には故人のイメージと全然違うのが、たまにあります。いやに若いときの写真だったり、その人の生前のイメージと全然違う写真が出ていることがよくあるのです。知人の葬儀に参列して遺影を見た人が、自分のときはいい写真を使おうと考えて、元気なうちに自分が満足できる写真を撮っておこうと思った結果なのでしょう。

生前にしてみたいのは、死のプランニング

まず、自分のイメージの中で、自分は何歳ぐらいまで生きるだろうというプランを立てる必要がある気がするのです。自分の逝き方を考える。自分の家族の状況とか、自分の仕事とか、自分の体調とか、いろいろなものを考え併《あわ》せて、だいたいこのくらいの年まで自分は生きよう、というプランです。

将来定年退職を迎えて、年金生活と自分の貯金を切り崩して、どんなふうに暮らしていくか。経済生活のことでは、誰もが普通にいろいろなことを考えている

わけです。自分の住んでいるところを売って、こうしようああしようとか、あるいは自宅を貸家にして家賃収入を得ようとか。それと同じような感覚で、自分の逝き方を計画的にプランニングする必要があるのではないでしょうか。

そのプランより早く逝かなければならなくなったときには、残念だと諦めるしかないのですが、プランとしてはいちおう、頭の中で自分はこのくらいでこの世と別れを告げようというようなことがあっていいのかな、と思うのです。

綿密に自分の人生を計画する必要もありませんが、私の知っているお医者さんのお父さんが日記をつけていたそうです。そのお父さんは、このくらいでいいと決めて、周《まわ》りの人に知られないように少しずつ減食していって、水分も摂《と》らないようにしていき、最期は枯《か》れるように亡くなっていった。

これをやらなければ死んでも死ねないと思うような大きな仕事、課題を抱えている人は、幸せです。そういう人は、それを入れ込んでプランを立てていけばいい。やはり孫の顔を見るまでは死んでも死にきれないと思っている人もいるだろうし、やり残した仕事を片づけなければと思っている人もいるでしょう。人間には老人になってもいろいろな欲というものがあります。今ある権力だけは手放したくないと思っている人もいるだろうし、実にいろいろな人がいるものです。

いま私は、同世代の人たちが次から次へと逝ってしまう中で、自分だけ一人が生きてながらえているような気がしています。私の場合には自分でトイレや下《しも》の世話ができなくなったときは、やっぱりもう逝きどきではないかという気がしてます。そのときに頭がぼけていれば、どうにもならないのですが……。考えてみれば、これが一番の悲劇なのですね。

死に際してやってほしくないことを、まとめておく

しかしながら痴呆症とかアルツハイマーになるということは、人生の老醜《ろうしゆう》を意識しないですむ神の摂理《せつり》だという説もあります。なにしろ本人は、自分を意識

していません。ぼけるということは、無残にもここまで衰えた自分というものを実感せずにすむ、神の摂理だと言うのです。

人生をあまりリアルに見たくない人は老眼が早く進む、という説もあります。ぼけるというのはたしかにそういう面もあるのかもしれません。耳が遠くなるというのは、悪口が聞こえないように神が体をセットしてくれた、というのも同じような効用でしょう。いいことだけが聞こえるようになる。そうなればいいのですが、それがなかなか難しいところです。

しかし私などは、時にして、あまり長生きするのは周りの迷惑だということも、たまにはあるのではないかと思うことがあります。周りの人がいろいろなかたちでお祝いを言ってくれたりするから、みんなが自分の長寿を喜んでくれると本人は思っているだろうけれど、そんなことはない、という場合もあるのではないでしょうか。

そういう誤解から解放されるためにも、最後の命を閉じるときに延命措置を受けないことを、本人の意思としてきちんと証明できるような手続きだけはしておかなければいけません。それがまず一番大切な問題かもしれません。

たとえば「人工呼吸器はお断わりします。これとこれとこれとは要《い》りません。水が飲めなくなったら点滴も必要ありません」ということを、きちっとした書面として作っておいて、それが家族に握り潰されないように第三者の手に預けておく。最近は遺言とか、そういうことも公正証書に作成したりするようです。公証人を頼むにはけっこうお金がかかるようですが、きちっとした形で信託しておくということも、必要になってくるかもしれません。

自分がいなくなったあとに、誰が葬式とか、いろいろな仕事の後始末をしてくれるのか。そういう代理人を指定しておく必要もあるでしょうし、そういう諸々《もろもろ》のことを一つずつやっていくうちに、少しずつ死に臨《のぞ》む実感というか、自分もやがては死んでいくのだなという気持ちになっていく。具体的に遺影を撮影することもいいことでしょうし、自分の生涯のビデオ制作、あるいは自分史などの形で文章にまとめる。そういうこともあるでしょう。

昔の人は日々、お勤《つと》めというのをやっていたわけです。お勤めをする場所というのは仏壇があって、そこに位牌があって、死んだ人の名前が書かれていて、後ろに後光《ごこう》の射している阿弥陀如来《あみだにょらい》などがいて、いつかはあそこに逝くんだと朝夕自然と考えるわけです。それを毎日しているのですから、していない人に比べると、心のもちようがそうとう違います。そういう人は知らず識らずのうちに、死の修練というか、締め括《くく》りのイメージトレーニングを毎日やっているわけです。

少しずつ積み重ねる、死へのトレーニング

富山にいる知人が、このあいだ話していました。子どものころから、両親がいつも仏壇の前に座っているのを見ていた。気がついたら、いつの間《ま》にか自分もそういうことをしている。息子は東京の大学に行っているけれど、やがてそのうち

にまた仏壇の後ろに座るだろう……。

ちょっと甘い考えかもしれないけれど、かつてはどこでもそうでしたし、戦後になってもそうだったわけです。

北陸は仏壇が大きいのです。二メートル以上ある仏壇はざらです。それでマンションには入らない。子どもさんたちが地方の郡部から金沢などの市街地に出てきて、そしてマンションに暮らすようになるでしょう。そうしたら、実家の仏壇は部屋の中に入れられないわけです。こうなるともう粗大ゴミとしてしか扱いようがないので、朝夕仏さまに手を引かれて浄土へ行くというイメージトレーニングは、やりようがない。

昔だったら、仏壇があって、お位牌《いはい》があって、亡くなった妻の位牌の前で朝夕妻を偲《しの》んでお祈りしているわけです。いまはもうそういう生活自体がありません。私は宗教というのは、世間で言うような、どこか狂信的なものではなくて、死を迎える心構えのようなもの、死に臨《のぞ》む大きな後ろ盾《だて》のようなものなのだと思うことがあります。

宗教を信じていれば、死への準備を長い時間をかけてやるわけです。長時間かけて死への心づもりを日常習慣化するわけです。毎日少しずつそのトレーニングをして、「お浄土へ逝くのだ。あの世へ逝くのだ、逝った人は向こうで暮らしているのだ」ということを、お位牌などを目の前に置いて心の中に語りかける、というトレーニングなのです。

日本人は、現代になってもなお、お盆の時期には里帰りする人がとても多くて、まるで夏の民族大移動のようです。里帰りというのは、家族の間での義務としてやっているだけではなくて、自分もいずれ故郷のこの墓に入るんだなということを、実感として感じることができる行為なのです。

大事なことは、死を迎える心の準備を生活習慣化していくことだと思います。

この前、私は驚いたのですが、アメリカでは日曜教会に行かない人が三五%しかいない。基本的に日曜は、アメリカのどんな田舎でも教会に行くものなのですね。それで牧師さんが説教する。

最近は直送《じきそう》とかいって、病院からすぐ火葬場へ送ったりするそうですが、葬祭というのはひょっとしたら人間の生活にとって大事なことかもしれません。

第四章

死を避けない。自分の逝《ゆ》く年を決めてみる。

今年見ている桜を、あと何回見ることができるか

日々の養生に、人々がそれぞれに工夫して努力するというのは、いいことなのです。たしかにそうなのですが、では、養生して、その後それでどうするのかという問題が残ります。

養生するのはいい。けれども養生して、長生きしてからその先のことが問題なのです。認知症とかアルツハイマーとか、他人に下《しも》の世話にならなければいけなくなって、そうなってからも生きていたくない。そう考えている人は多いはずです。

この世のことで自分はし残したこともないし、もうこの世とのつきあいはこのくらいでいいと思ったときのことを、考えてみたいのです。そのときは、自分で世を去る工夫もあっていいのかもしれないと思います。尊厳死なんていう大袈裟

な言い方でなく、世間を騒がせたり、周りの人に迷惑をかけたりせずに、一人で静かに世を去る。そういうことも選択肢の一つでしょう。

その方法の一つとしては、癌などが発見された場合に治療しないということもあるかもしれません。ある年齢に達したら、たとえば八十を過ぎたら、癌が出てきたからといって手術したり、大騒ぎしないで受け入れる。抗癌剤を体に入れるから苦しむのであって、それをしなければ苦しまないで死ねるというのは、いまはもう、常識のようです。

ある医師に聞いたのですが、かつて医学部の授業では、カルテの最後の死因のところに「老衰」と書くことだけは絶対にいけないと教えられたそうです。老衰であることを認めることは、医師としては許せないことだったそうです。しかし現実には、老衰という死に方が、人間としてナチュラルなものではないでしょうか。

今、私が思っていることは、もし死に臨んで、私たちができることが何かあるとしたら、その時が来てもあわてないために、逝き方のイメージトレーニングとでもいったものをやったほうがいいのではないかということです。死のイメージトレーニングをしていると、日々生きている生の充実感、残された生の時間に対する貴重な実感というのが湧いてきます。

自分の余生を考えるというか、自分の逝き方を考えるということは、けっしてマイナス思考ではないのです。逝き方が決まってきて、「自分はこれくらいまで生きればいい」ということが心の中で定まったときこそ、残された時間をかけがえのない、大事なものとして、はじめて実感できるのです。

年老いていくにしたがって日々の時間の流れが速くなる、とよく言われます。本当に、あっという間《ま》に、毎日が過ぎていく。惰性のように生きていくのではなく、一日一日を充実したものとして実感するためには、今年見ているこの桜をあと何回見ることができるかと、考えてみればいいのです。

何年生きるかということではなくて、あと何回この桜が見られるか。あと何回同じ美しさに触れられるか。仮に死ぬまでにあと五回しかないと考えてみると、あ、今年もう一回見たから、あと四回かというふうになるのです。

夏には、スイカを食べながら甲子園の高校野球を見る。あ、これでまた一年経《た》って、死ぬまでにあと三回しか見られないのかと思えば、体を乗り出して見るのではないでしょうか。だから日常の何気ないことでもそれをしている今の自分をありがたがって、コーヒーを一杯飲んだり、ちょっとしたテレビを見たりすることでも、あと何回できるのか、回数は限られているのだと思ってみる。

自分はどう逝《ゆ》くか。それを考えてみることは悪いことではない

いちおうでもいいから、仮定の上のことでもいいから、死んでいく時のことを、決めることは大事です。

自分の逝《ゆ》く年を、一度は想像してみるのです。このくらいで逝くのじゃない

か、あるいはこのくらいで逝こう、と決めてみる。たとえば癌になっても、あるいは治療を受けないというふうに決めてみる。死ぬ年を八十五なら八十五と決めるわけです。そうしたら、あと桜を見られるのは、三回かな、五回かなという感じになります。

長いつきあいのあった作家の立松和平《たてまつわへい》さんが大きな病気をして入院し、奇跡的に良くなって退院してきた後の最初の俳句会で、彼が一句読みました。「命あり今年の桜　身に染みて」というのです。句としては平凡な句ですが、本人の実感としては、「命あり　今年の桜　身に染みて」ということなのでしょう。誰もが皆、そんなふうに、自分の余命の設計をする必要があるのではないでしょうか。余命の目標と言いかえてもいいかもしれません。

定年退職する前に貯金をこのくらいしておこうという生活設計も大事なことでしょうが、六十を過ぎたら、人は自分は何歳ぐらいまで生きるものだろうかと、そういうことを決めてみるのです。

そういう余命の目標を立てて、その目標に達せられなかったら残念な人生だったと思えばいい。その目標が先に延びる形で変わるのならそれはそれでラッキーなことだけれど、そうなるということが人間にとって必ずしもうれしいことではないかもしれません。

ふと、桜を見るとする。あと五回か、あと四回か。あと何回見られるか。こういうふうに物事を見ていくと、一つひとつのことが大切に思えてきます。

年を取ると時間が矢のように飛んでいくと言われますが、早く飛び去っていく時間を、より実感できるような時間の流れとするためにはどうしたらいいのか。やはり、余命の計算というのがあったほうがいいような気がするのです。

逝き方を考えるということ。それは、今はまだ生きているということを、質的にもしっかり手応えのあるものとするということです。そのためには、逝き方というものをしっかり考える機会があってもいいのではないでしょうか。

これまで私たちは、生きるということだけに重点を置いてきました。何歳まで生きる、生きてこうしたい、ああしたい、できればできるだけ長く生きる、ということばかりを考えてきたような気がします。

これからは、生きるのはこの程度まででいい、これから先このぐらいで自分はもうこの世を去るんだという計画を立てることも、大切になってくるかもしれません。そういうことを考えた上で、一瞬のいまというものを生きていく。これから大切になっていくのは、そういうことではないかと思うのです。

いまの日本では、老人の圧倒的多数は癌にかかって死んでいきます。癌が悲惨で嫌な病気であることはもちろんですが、緩《ゆる》やかに死までの時間が計算できるということは、癌のありがたみかもしれません。日本人の二人に一人は癌で死ぬということは、けっして単純な悲劇ではない、と私は思います。

異論もあるでしょうけれど、積極的な治療をしないかぎり、癌というのは苦痛が伴わないのだという説が、今では強いのです。いろいろな苦痛の伴う癌もあるけれど、そういう癌に対してはペインクリニックも進歩しています。専門医の適切な指示に従って、モルヒネとか痛みの緩和剤を適切に使っていけばいいのです。モルヒネには中毒性などはないと、多くの医者が言っています。

最近は痛みに対処する服用薬も発達していますし、二四時間直接点滴を入れられるとても優れた医療機器もあります。そういうものを利用することによって痛みや苦痛を感ずることなく、安らかな状態で亡くなることができるのでしたら、ほかの厄介《やっかい》な病気で死んでいくよりも、ある意味ではいいかもしれません。

世の中には癌よりも悲惨な病気はたくさんあります。そういう病気に比べると、癌というのは人生にとって、おかしな言い方かもしれませんが、残された一つの希望ではないかという感じさえするのです。

たとえば五十歳とか六十歳とか、人生の半ばで癌に倒れるというのは悲劇なのですが、八十歳を過ぎれば、前立腺の癌の初期の傾向などは誰もが抱えているでしょうし、そのほかにもいくつかいろいろな兆候が出てくるでしょう。でもそれはもう、仕方がないことと腹をくくってみてはどうか。ですから、私は相変わらず検査というものをしないままに、非常識的な生き方をしています。

私は、血圧なども低めです。上が一二〇ぐらいではないでしょうか。一貫してずっと低血圧な傾向があるから、朝寝坊をしたりするのはそのせいだと思うのです。そのかわり、夕方から元気が出てくる。高血圧の人は朝から元気がよくて、夜は眠くなるというのが多いでしょうから、生活のリズムというものは体質なのだろうと思っています。血圧の心配はしなくてもいい、というのも変な話なのですが、少しくらい上がった下がったで、一喜一憂《いっきいちゆう》しないでもいいのではないでしょうか。

脳梗塞とか脳卒中とか、心配な病気もいろいろありますが、そんな突発性の病気と言われるものでも必ず予兆があるとされていますから、私は一生懸命注意しながら、体に対する自分の予感というものを日常的に大切にしているのです。

検査を一度、疑ってみる

何かあっても医療検査を受けたりはしない。受けたって仕方がない。検査を受けるということは、占いで自分の欠点とか失敗を指摘されるようなものではないか。

そう考えてずっと生きてきました。なんとなく、検査から逃げ回っていたということなのかもしれませんが、検査をすると、なんだかいやな感じがするのです。

神社に行っておみくじを引いて凶が出ると、誰でもいやな感じがするでしょう。天邪鬼《あまのじゃく》な私などは、治療してもしなくても大した違いはないのではないかと考えてしまうのです。外科的な骨折などは何とかしなければいけないから病院に行きますけど、振り返ってみますと私はただただ好運でした。盲腸にならないで今日までできたとか、捻挫《ねんざ》以外骨折なんかをしないでできたとか、そういう突発性の、救急車で運ばれるような目に遭《あ》わなかったということは、大変ラッキーなことだったに違いありません。

しかし普通一般の人たちは早期発見・早期治療にこだわって、鵜《う》の目鷹《めたか》の目《め》で自分の病気を探しているようなところがあります。それはあまりいいことではないのではないか。

医者に「異常なし」と言われると、怒る人がいます。そんなはずはない、と。これは冗談のような話ですが、大病院なんかでお年寄りが顔見知りになって、待合室で話し合っている。それで常連さんが来なかったので、「昨日来なかったね」と言ったら、「昨日はちょっと具合が悪かったんだ」と笑顔で答える。誰もが病院に行くと安心する。病院に行けば長生きできると思っているのです。

日本ほど、企業や役所を通じて健康診断を強制的にやっているところはないといいます。きっとそこには、私たちにはうかがい知れない、医療業界における厚労省と製薬業界の癒着のようなものがあるのでしょう。健康診断の受診率などの目標値を設定して、その目標に達しない会社はどうこうするとか、指導しているそうです。これって、大きなお世話ではないですか？

検査というものは、したらしたで、何かが必ず出てくるものです。人間は生きた体なのですから、しょっちゅうポリープが出たり引っ込んだり、初期の「がんもどき」とでもいうようなものが絶えず出たり引っ込んだり、それはいろいろあるわけです。それをそのつど外科的な治療や化学療法で処理していたのでは、副作用というよりも、薬の「主」作用に苦しめられてしまう。

薬というのは毒だということを、ちゃんと知っておいたほうがいい。「毒をもって毒を制す」というものが近代医学の根本の考え方なのです。風邪を引いたからといって抗生物質を出すような医者のところに行くな、と言うのは、案外正解なのかもしれません。

脳の手術などを一度でもしたら、人間の体は大変なダメージを受けます。医学用語では侵襲《しんしゅう》といいますが、手術や何かをしたときには、体内でプチプチと切れるものがいっぱいあるのです。毛細血管のほかにも、気の経絡《けいらく》というでしょう、ああいうものを含めていろいろなものを手術のときに一緒に切ってしまう。

大きな血管はつなげても、そういう細かなものはつなげないのです。それと同時に、内臓は大気にさらしてはいけないと、昔からよく言われています。手術をすると今まで一度も大気にさらされたことのない内臓が、外に顔を出してしまいます。

医学部へ入り、近代医学を学んだ人は、薬とか外科手術とかに対する怖《おそ》れがまったくない。薬を使うことに対する不安感が、まったくないのです。「風邪ですか。それでは抗生物質で叩いておきましょう」と、気楽に応じる感じなのです。

私自身は、この年になっても薬といえるのは、「ビオフェルミン」と「強力わかもと」、それから「レオピン」というニンニク成分のものだけしか服《の》んでいなくて、すこぶる牧歌的な感じです。

「養命酒」も買ってみたけれど、あまり飲みません。そんな感じで今日までやってきましたから、それはもうラッキーと言えばラッキーなだけなのでしょうが、この年になると、「ラッキーだからといって、それがどうした」と開き直るようなところが、正直言ってあるのです。

繰り返しますが、六十過ぎたら自分が死んだときのイメージをできるだけ頭に描いたほうがいい。死んだ後、自分はどこへいくか。浄土の蓮《はす》の花が咲いていて、暑さ、寒さもなくて、ごちそうがいっぱいあってなんて、そんな陳腐《ちんぷ》なことを考える人はさすがにいないでしょうが……。

自分がいなくなった後に、たとえば会社はどうなるか。同僚はどう騒ぐか、家族がどうするだろうか。そういうことはしょっちゅう考えておいたほうがいいと思います。

自分が実際にこの世からいなくなる。どのくらいで去る。去ったときはどうか。そして、死後の世界に対する確信が持てたなら、それはもう、人生の締めくくりとして、それだけで幸運なことなのです。

往生と成仏は違うものなのだ

近代科学を信じる人たちは、死んだ後は肉体も精神も何も存在しないと考えるようですが、頭の中の理性的なそういう考えだけで、人は心を安らかに保ったまま、死に向かい合えるとは思えません。死に対しては、死というものの形や姿を見つけるために、イリュージョン（幻想）というものを持つ必要があるのです。そこから宗教というのが出てくるのだと思います。

ところで、悪人正機《あくにんしょうき》説というのは親鸞の説ではない、という説があります。法然の説ですらない。それ以前の旧仏教と言われるものにもたくさんそういう説はあるので、それは親鸞の主要な説ではない、という考え方で、私もきっとそうだろうと思っています。

親鸞の唱《とな》えた説の一番大きなところは、唯心論にあります。信じることがなにより大切、信じれば何かが必ずそこにある、ということです。俗な言い方をすれば「イワシの頭も信心《しんじん》から」ということにもなりますが、イワシの頭だって、これが尊いものなんだと自分で信じ切ったその瞬間に、その人にとってはダイヤモンドのように輝くこともあるのです。親鸞はそういうことはありえることだ、と考えるのです。そういうふうに自分で固く信じ込めば、そう考えている自分を他人が動かすわけにいかないから、死ぬときには仏様が自分の手を引いて迎えにきてくださる、としたのです。

親鸞の場合には、往生《おうじょう》と成仏《じょうぶつ》を分けて考えています。往生というものは、死んだときだけに限りません。人が回心《かいしん》をして、この世に阿弥陀如来はいるのだという確信を覚えて、自分がその光彩陸離《こうさいりくり》たる信心の世界に入ったときに、人はその場で、その瞬間に、往生できるのです。生きていても往生はできるわけです。臨終の前でも往生はある、と考えるのです。

一方、成仏というのは、肉体的な死のことをいうようです。死んだあとに浄土に行って、そこで仏となるという意味ですから、往生と成仏は分けて考えなければならないのです。

なかなか仏になれない人もいるわけですが、成仏というのは少なくとも肉体的に死に至って、浄土へ行って、さまざまな現実の生活などに煩《わずら》わされることなく、修行をして仏になるということです。ですからまずは浄土に行かなければ成仏はありえない。死んだとたんに仏になるわけではないのです。

また同時に、人は死んだときだけ往生するのではなく、生きていても絶えず新たな回心というものにぶつかることがあります。そのような時、光彩陸離たる浄土の世界というものを確信できた瞬間に、その人は生まれ変わるのです。

それが往生であるとして、親鸞は成仏と往生を分けているのです。死イコール往生、成仏ではないわけです。往生は往生、成仏は成仏です。

宗教のはたす役割

宗教が魂を救ってくれる、死の恐怖を和らげてくれるなどと言うと、迷信であるとか、近代的知性のない愚かな人たちの考えだとされてしまいますが、そういう宗教的な確信を持っている人間が、ある意味では従容《しょうよう》としてこの世を去ることができるということも事実です。

このことは、とても大きく、大切なことです。そうでなければキリスト教だって二千年も続かないでしょうし、仏教だって二千五百年も続いていない。ですから、人が死んでいく限り、この世から宗教がなくなるということはありえない。

イスラムの人たちにはジハード（聖戦）という考えがあります。自分が自爆テロをなしとげた後は、あの世で本当に幸福な生活が送れる、と彼らは考えます。その考えは、死後の世界に対する確信があるからこそ、生まれるわけです。そうでなければ自爆なんてことは、なかなかできるものではないはずです。

オウム真理教事件などがあったから、宗教というのは、世間では非常に恐ろしい、穢《けが》れたもののように感じる人もいるかもしれません。あるいは遅れた思想のように感じる人もいるかもしれませんが、現代科学をつきつめて研究した人や地球を外から眺めた宇宙飛行士などは、神と出会ったとか、そういう宗教の世界に近い体験をしている人も多くいます。

アメリカでは、あらゆる裁判から大統領の就任式まで、バイブルの上に手を載《の》せて「ｆｏｒ　Ｇｏｄ」と神に対して誓うわけです。ここで私が言っているのは、宗教的な理論とか資格ということではなくて、宗教的な雰囲気のことです。そういうものがとても大切なのだと言いたいのです。

いまは記憶がうすれてしまいましたが、子供の頃、両親が仏壇に向かって正信《しょうしん》偈《げ》か何かを唱えていました。仏壇のある部屋というのは暗いところです。

その暗い部屋でろうそくに火をつけるでしょう。そうすると位牌が浮かび上がって、その向こうに阿弥陀如来か何かの絵があって、名号《みょうごう》があって光が出ている。金色で書いているから、何かポーッと光るんです。ああいうのを見ていると、心が安らぐ人だって中にはいたでしょうし、今もそういう人がいても全然おかしくない。

しかも真宗では御同胞《おんどうぼう》というわけだから、阿弥陀如来を信じる人たちはみんな兄弟《ブラザー》なのです。自分は孤独でない。たとえこの世の最後に孤独死をしても孤独ではないということです。

それは、空海《くうかい》の同行二人《どうぎょうににん》という考え方とよく似ています。人間は一人でいても孤独ではない。こういうふうに考えられるものがあるとしたら、それは人間の一つの知恵というか、生きていく上での力になる、とても大きなものだろうし、今後もなくならないのではないでしょうか。

近代科学がますます発展していくと宗教は消滅するかというと、そういうことは起きないでしょう。宗教がなくなるなどということは、けっしてありはしないのです。

宗教がなくならない理由は何でしょうか。きっと宗教の中には、人が生きていく上、死んでいく上で、何か大事なものがあるのではないでしょうか。

残念ながら私は、まだそういう世界を信じるところまでは行っていません。今のところはまだ、宗教なしででも自分の生き方を考えることができそうな気がしているのです。だから、宗教なしでは不安でいられないというところまでは行っていないのですが、この先どうなるかはわかりません。

他人《ひと》の死に立ち合うことで、見えてくるもの

大きな癌の宣告か何かを受けたときには、私も、ひょっとしたらものすごく慌てふためくかもしれません。けれども私は、死というものについてのイメージはあるほうです。子供の頃から家族の死とか、周囲の人々の死というものを多く見

てきたので、死に対しては想像力が欠如しているということはないと思っているのです。

最近は誰も、目の前でおじいちゃんが死ぬとか、親戚のおじさんが亡くなるとか、そういうことをあまり体験していないはずです。病院で、心電図が止まったという告知を受けるぐらいでしょう。だから人があの世へ逝《ゆ》くということを実際に見ていないし、体験する機会がほとんどない。

戦後、外地から引き揚げてから、福岡県の両親の里にしばらく世話になっていたのですが、そこでは、人が死んだ後に入れるお棺が風呂桶のような棺《ひつぎ》でした。楕円形の桶です。体格の大きな人だと簡単に入らない。ボキボキと骨を折るようにして押し込むのです。それを見ていると、人は死んだ後にはこういうことになるのかという怖ろし気な感覚がありましたね。

母親の湯灌《ゆかん》というのもしました。引き揚げてきた後なので本当に何もない暮らしでしたけれど、とりあえず最後にお湯で洗い、タオルで死体をぬぐった。そういう体験がありましたから、死というものの想像はつくのです。このことは、人が生きていく上ですごく大きなことだと思います。

死を身近で知るために動物を飼うべきだ、という意見もよく聞きます。ペットは人間より早く死ぬでしょう。そうすると、愛するものが死ぬということが目の前で起こるわけです。犬などはだいたい十年とか、長く生きて十三、四年です。ペットの死に立ち合うことは子どもたちにとっては、死に臨むレッスンをするという意味でいいことだという説なのですが、私もそこには一理あると思っています。

人の死に立ち合うと、人は死の瞬間に向かって歩いていくのだということがよくわかるのです。そのことから、生きている間はちゃんとした生き方をしようという考えも生まれてくる。

「逝くことは、けっして不幸なことでも、マイナス思考でもないのだ。きちんとした幸せな生き方ができれば、自分の人生は成功だった」というふうに思いたいのです。そのためには、逝くということのイメージを繰り返し心の中で描いて、それを生活習慣化して、死を実感していくことが必要なのです。

死をただ追えということではなく、人生後半の矢のように飛び去っていく無為《むい》な日々、あるいは老化の日々を、他に代えがたい貴重なものとして実感するということです。

そのために、私たちは日々、死を見つめて逝くときを考え、逝き方を考える。そういうことをすることによって、高齢者の後半生を充実したものにすることができるのではないか。そう思っているのです。

時代によって異なる、死のイメージ

古代から中世にかけての日本の物語、説話集などに出てくるのは、血なまぐさい話ばかりです。聖徳太子《しょうとくたいし》にしても、あれだけの人だったと言われているわりには、最期は無残なものですし、本当に納得のいく形で逝き方を全《まっと》うした人というのは、あまり多くないはずです。

法然《ほうねん》上人は、迷信などのこともいろいろと批判しています。けれども、上人がお亡くなりになるのではないかと言われたときに人が詰めかけてきたのですが、五色《ごしき》の布がたなびき、天から音楽が降ってくるというようなことを想像していたのに何もなかったので人々はがっかりしてしまった、という記録があります。親鸞なども、何事もなく死んだというふうに書いてありますが、周りの人は貴人の死の際に何かすばらしいことが起きるのではないかと、想像するものなのです。

藤原道長《ふじわらみちなが》などは当時の最高権力者ですから、死の儀式は五色の糸を指に結んで、仏に結びつけて来迎を待っていました。周りからも荘厳《そうごん》な読経《どきょう》の声が響き、その中で往生するという計画だったのですが、必ずしもうまくいったわけではなく、最期はけっこうじたばたして、死んでいっているのです。

中世では、死ぬということが一つのショーになることもありました。西方の海上にあるという補陀落山《ふだらくさん》を目指して僧が船で漕《こ》ぎ出し、けっして戻ることはなかった補陀落渡海などというのは有名ですが、江戸時代初期に本阿弥光悦《ほんあみこうえつ》らが作った芸術村としてよく知られた京都の鷹峰《たかがみね》あたりの山の麓《ふもと》では、聖《ひじり》というか、聖人《しょうにん》様が何月何日に自ら死ぬと予告をして、人がいっぱい見物に詰めかける出来事もありました。ありがたい御聖人様が自分から死になさるそうだ、というわけです。ところがなかなか死にきれなくて、日延べすると言ってみんなをがっかりさせたり、いろいろなことがあったようです。

自ら命を絶つという例はそこそこあったのですが、多くの場合は平家の公達《きんだち》たちが壇《だん》ノ浦《うら》で敗れたときのような、無残な最期が多いのです。親鸞が憧れた聖に教信《きょうしん》という人がいました。その人は聖として生きて、野良仕事や荷役の手伝いをしながら生涯を過ごした人でした。念仏だけを忘れずに一生を過ごし、そして晩年はただもう簡単に死んで、死んだ後、犬がその死体を食い荒らしたというのを聞いて、親鸞はそれを死の理想としていた。「自分が死んだあとは鴨川に遺骸を流して魚の餌《えさ》にせよ」と言ったのは、けっしてたとえ話ではなく、実際にそうしてほしいと思っていたのだと、私は想像しています。

死というものは古代以来、忌《い》み嫌われてきたものです。けがれということの根源は死から生まれています。死と病は徹底的に怖《おそ》れられたものだから、死と病に関係する職業である医者でさえもけがれを身にまとっているというので賤視《せんし》、賤民化されていたという時代が長く続きました。

それで葬式の列に遭《あ》うと、方違《かたたが》えをしたり、宮中に出仕することを控えて室内に籠《こ》もったりと、いろいろなことをやりました。死イコールけがれというイメージが、日本ではものすごく強かったのです。

たとえば、日本神話の中に出てくる黄泉《よみ》の国の話。愛していた妻のイザナミに会いたい一心でさまざまな世界をめぐっていったイザナギはついに、地底にある黄泉の国でイザナミと出会う。けれども彼女の体は無残にも変化し、体中にウジ虫がわいていて、「見たな」と言われて地中深くまで追い掛けられるという怖い話が描かれています。

死イコールけがれという観念がものすごく強かった歴史の中で、初めて法然とか親鸞という人たちが、往生する、浄土へいく、成仏するんだということをみんなに言ったのです。そしてやがて、念仏の人は葬送にも携わっていくのです。

それまでの古代仏教は東大寺にしろ法隆寺にしろ、学問寺ですから、葬式はしません。比叡山の諸堂だってそうです。そういう中にあって、法然や親鸞の革命的な仕事は、従来の宗教観を変えたということにあるのです。死というものをけがれと考えずに、むしろ浄土へ行くための通過地点だというふうに価値転換したわけです。そこにいちばん大きな仕事があったのです。

それ以後ずっと、日本人の死生観というものが変わってきて、見事に死ぬということが武士道の中に定着していきました。「もののふの道」として潔《いさぎよ》い死に方、あるいは戦い敗れた人間が自ら自死することが、死生観の柱になっていきました。

けれどもその一方で、江戸時代になると、心中というのがものすごく悪いこととされて、生き残ったら晒《さら》し者《もの》にされたり、大変なことになってしまったということもあります。

誰のための「死」なのか

私は、死ぬということを異端視する、けがれと感じる気風は、日本人の中に脈々として今も生き続けてきていると思います。

それがいまもなお、日本人が死に対してはっきり直視しようとしない原因の一つではないでしょうか。日本人の一つの資質として、死イコール黄泉の国、暗い国、そういうイメージが今でも非常に大きいような気がするのです。

見事に死んだというと、だいたい「お国のため」とか「主君のため」という形のものが多くて、他の誰のためでもない、その人自身の死に方として、きちんと死んだ人を誉《ほ》め称《たた》えるようなことがあまりない。

私たちが子どものときのことでいえば、日露戦争時の旅順《りよじゆん》港封鎖作戦で命を落とした広瀬《ひろせ》中佐の死のことを知らない人はいませんでした。太平洋戦争の特攻作戦を語るときでも「散兵娑《さんぺいせん》の花と散れ」とか、そういう精神主義的なものばかりが多かった時代でした。自分で死ぬということよりは、何々のために死ぬという発想ばかり。ここには、死を直視してこなかった国民性というのがあるような気がして、仕方がないのです。

だからこそ、いま改めて、国のためでもなく、世のため、人のためでもなく、自分の一個の人生を完結させるためとして、死を意識する。あるいは死の準備をする。逝き方を考える。

そして、そういうことは非常に大事なことだけれど、これはまたかなり難しいことでもあるなと思うのです。家族のため、家のため、国のため、世のため、人のためという死に方だけが賛美され続けてきたわけですから、自分だけのための死というものをなかなか考えられない。仕方がないといえば、仕方がないことなのです。

近代というものの考え方は個人の自覚から生じているわけですから、近代以降、現代に至っても、人々はものを考える際には、まずは個人の生き方というものを考えるわけです。

けれども、われわれはやっと、個人の生き方ではなくて、個人の死に方、逝き方というものを真剣に考えるべきときにようやく差し掛かったのではないか。脱近代、脱現代ということはそういうことなのかな、という感じがするのです。

死はその人の人生の一つの完結ではなく、異常な事件であり、不吉なことである、という見方は今でもたしかにあります。もうそろそろ、人間の誕生を聖なるものとして考えて歓喜をもって迎えると同時に、死を不吉なものとして直視しないとする文化から脱出する必要があるのではないでしょうか。

逆に言うと、近代のヒューマニズムというものの限界をわれわれは直視しなければいけないのではないか、ということなのです。こういう、とても大きな命題を、目の前にかかえているような気がするのです。

ヒューマニズムというのは、長い間、至上の正義として君臨してきましたから、アンチヒューマンという思想は、これまで認められなかったのです。死というものを生と同じようにフラットに見る。そして自分たちの誕生と同時に、死もまた自分たちの人生の事業であると考える。そういう考えは、アンチヒューマニズムです。そういう時期にようやく差し掛かってきたのかなと、思うわけです。

西洋絵画でよく見ますが、死を描くときに、怖い死神《しにがみ》の絵を描いています。これからはそういうかたちでなく、死というものをもう少しフラットに見られないものかという気がするのです。

ことさら死を一大事と考えずに、もっと冷静に、です。人は必ず生まれ、必ず死ぬわけで、これだけは避けようのないことですから、人間の一生の締めくくりの一つの行事のように、気を楽にして考えられないものでしょうか。

第五章　死をイメージしてみる

心の準備とは、死をありありとイメージすること

死に向けて心の準備をする、死に向けてのイメージをもつということは、これから先の世の中できっと大切になってくるはずです。

それは、自分がいなくなる、この世から存在しなくなることを、実感として想像するということです。自分が亡くなったあとに家族の人たちはどんなふうに悲しむだろうか、それとも悲しまないだろうか。そういうことをイメージしてみるのです。

あるいは自分が死んだあと、この事業はどういうふうに人が引き継ぐだろうかというふうに、自分がこの世の中から消滅することで実際に起きることを、ありありと心の中で実感してみる。

昔だったらそのイメージは、すでにして誰もが持っているものでした。たとえ

ば、仏様が光を背負って、山を越え、谷を越えて迎えに来てくれ、手を差し伸べてくれるというようなイメージでした。そして、ああ、ありがたやと言って、その手にすがって成仏すればよかったわけです。いまはそういう宗教観がありませんから、やはり個人個人が自分で工夫してイメージする必要があるのではないでしょうか。

イメージが頭に浮かんだら、それをだれかに伝えてあげなければいけない。私は、死について人と語り合ったりすることを、けっしていやなことではなく、フラットなこと、日常のこととしてとらえたいのです。

子どもたち、孫たちを前にして、おじいちゃんが亡くなったらこうするんだよとか、いつまでも生きていないのだからこうするのだよ、とかいうことを淡々と話し合えるような空気を作ってみることが大切です。そうしたら、「おじいちゃん、お迎えはどこから来るんだ」という話になってくる。そういうことを笑いながら話せるような空気を作っていく必要があるような気がするのです。

いかに逝くべきかということを、熱烈に熱く語り合う時間があるといいと思うと同時に、いかに逝くかを語り合う場というのもあっていいような気がします。同時にメディアなどが、逝き方ということをもっと問題にして、老い方、逝き方ということをタブーとせずに人々に伝える。死をけっしてマイナス思考だというふうに考えないことが大事なことではないでしょうか。

頭に描いたことを口にするということは、とても大事なことなのです。不吉なことも、あえて口にする。食卓の席で「俺が亡くなったあとは」なんて言い出したら、「そんな不吉なことを言わないでよ」と言われるかもしれません。

でもそうではなくて、死のことを現実の問題として、あり得ることとして語り合うことも、死の準備の一つであるし、そういうことを論じ合う風土を作るのも、大切なことなのです。要は、死をタブーとしないということです。死を怖れない、不浄化しない、ということです。

とはいうものの、飛行機の中やホテルで、四番という番号の部屋があると、もし隣りの五番が空《あ》いていたら五番のほうを選ぶ人が多いのが、実情です。無意識のうちにわれわれは死というものをけがれとして感じているところがあるからです。

その無意識を意識化していくことが、イメージ化ということでしょう。人は語り合うことによって無意識を意識化することができるのです。死のことも、もっとどんどん語り合ったらいいのではないでしょうか。

死のレッスンができるかどうか

死に対してわれわれは、ものすごく広い無意識の領域、暗黒の領域を、心の中に持っています。それを少しずつ照らし返すように言葉にしたり、文字にしたり、あるいは語り合ったりすることで、死の世界のことを、恐ろしい未知の暗黒大陸として考えないですむようにする。それがすなわち近代のヒューマニズムを乗り越えていく、新しい時代に向けてのわれわれの姿勢ではないかという気がするのです。

お寺というのは葬式するところ、死後の世界を語るところだと誰もが思っていますから、お寺の門をくぐるときは、みんなそのつもりで来ています。祖先のご位牌を見ると、そこに死が厳然としてあるわけです。家に帰れば、仏壇に亡くなった人の写真があります。写真を見るたび、朝夕お仏飯《ぶっぱん》を上げて対面していれば、「私の年齢まで父母や祖父母は生きていなかったんだな」と、思ったりもすることでしょう。

死の世界を非日常的なものではなく日常的なものにして、語ったり、自分で想像したり、話をしたりする。そういうことがとても大切なのではないかと思うのです。

それは、生と死の間に、黒々とした顔をのぞかせて横たわる、怖ろしいまでの断絶を少しだけでも縮めるという作業です。

そしてそのことが、死に対してのけがれ観というものを、われわれが古代からこのかた深く持っていたものだということを確認することにつながっていくのです。

ただ、死をかつてのイメージから解放するあまり、あまりにもカジュアルにとらえてしまって、火葬場に行っても談笑しながらお骨が上がるのを待つというのも、ちょっと困ったことです。

談笑しながら待つというのには抵抗がありますが、私は、火葬場には子どもも連れていったほうがいいと思っています。そうすれば、死を実感することができます。

死のレッスンということで言えば、少しずつものを処分していくということも本当は大切なことなのでしょう。

けれども、それがなかなかできない。簡単なようでいて、なかなかむずかしい。死ぬときにものは持っていけないことはわかっているのだけれど、上手に整理できないのです。本なんか、特にそうです。

そうではあるのですが、自分の延命措置を辞退するとか、死に臨んでチェックすべきことを書いてみたりするということは、それが実際に有効かどうかは別として、試しにやってみるのはいいことだと思うのです。こうしたいとか、ああしたいとか、なんでもいいので書き出してみる。

死に際して気になることを書き出しておくということは、簡単に見えて、案外と難しいことなのです。どうしても二年か三年おきに変更しなければしょうがないでしょうから、毎年一回はそういうものを定期的に書いておくということになります。そうすることは、死をイメージするために、とてもいいレッスンになります。実際書いてみると、寝たきりになってもやっぱり点滴ぐらい受けたいなとか、美味《おい》しいものも食べたいなとか、いろいろと考えるわけです。それがまた楽しいこともあるのです。

生きることと逝くことの比重は、同じ

食事も摂《と》らなくなるのと同時に、水も飲めなくなるということが、死を早めるのです。自然体としての人は、水を飲まなければ、早く死ねるようです。苦しまずに死ねる。体に水分を入れる点滴を受けると、むくみがひどくなるのです。そうすると心臓がすごく苦しくなって、呼吸が大変になっていくといいます。

だから人間は、ひからびていけば楽に死ねる。点滴を受けたら楽には死ねないわけです、余分な水があるわけだから。体は死のうとしているのに無理やりに水を入れるので、そのことが臨終の苦しみにつながっていくのかもしれません。延命措置をすればするほど、乾燥と湿潤《しつじゅん》の対立は激しくなる。自然の生命を人工的に延命するわけですから、それは当然でしょう。

点滴のことをもう少し言いますと、とにかく体中水びたしになるので、特に足

のむくみが激しくなり、内側から足の外に水が出るようなこともあるのだそうです。

実際には、点滴は適量入れればいいと思うでしょうけれど、なかなかそうはうまくいかないのです。点滴を外《はず》せばいい場合もあるかもしれませんが、点滴をし続けないと、適切な措置をしなかった、脱水に対する処置をしなかったということで、親族から告訴されたり、批判されたりする怖れがあります。

アメリカなどではそういう医療過誤裁判に対する保険で、医者はとても大変だといいます。大学時代の育英資金や教育ローンの返却、過誤保険の支払いが過大なので、勤務医はなかなか大変だと、聞いています。日本もそういうふうになっていくのかもしれません。

医学教育の第一歩は、治療によってとにかく命を長引かせるということですから、人生の最期をいかに大事にするか、いかに安らかにしてあげるかということは、これから先も医学部の学生には教えないと思います。そんな状態の中で患者となる普通の人は、医者や医学の常識と折り合いをつけながら自分の人生観や意識を守っていかなければいけないわけだから、大変なのです。

とにかく私は、老人は元気で長生きであればそれだけでハッピーだという、月並みなイメージを早晩克服してほしいと思っているのです。長生きは、ただそれだけで本当にいいことなのだろうか。長生きは大変だということをわかってほしい。

病院では、末期医療の段階で、必ず「急変」という言葉を使います。急変を現認した時点で、必ず治療を施《ほどこ》します。血圧が急降下した。そうしたら即、血圧を上げる。体温が急低下したら、すぐさま体温を上げる。呼吸が急に不規則になった。そうしたらマッサージをする。

そうすると一時的に患者の体は元に戻るわけですが、急変をそのまま放っておけば人間は死ぬことになります。だから、死ぬ直前のサインと急変を見て、その急変に対して強制的な治療をするのは、すでに延命治療に近いのではないかという意見もあります。

「ＥＲ」なんていう映画を見ていると、心電図が止まったときに慌《あわ》てて電気ショックを与えるシーンが、よく出てきます。あれは心臓が止まったものを人工的に蘇生させるということでしょう。延命治療ではないかと思うのですが、どうなのでしょう。

当たり前のように緊急医療の第一歩として扱われているけれど、止まった心臓を人工的に覚醒させる、ショックを与えるわけです。私などは、電気で強烈なショックを与えて心臓をもういっぺん蘇生したところでどうしようもないのでは、と思ってしまいます。

それによって救われた人がいたとしても、救われた後でどれだけ生きるかということを考えると、悲しい気持ちになってしまう。植物状態になってまで生かされつづけないということが、人間にとっていちばん大事なことではないですか。

だから、脳梗塞の手術が奇跡的にうまくいって命を救われた、けれども半身麻痺の状態で車イス生活になってしまった。それでも日本人は、やはりリハビリを重ねて、とにかく声を出せてしゃべれるようになり、社会的な活動ができるところまで持っていくことを、医学の勝利として賛美する傾向があるわけです。

難しい問題ではありますが、今までのように、無条件に生を肯定するだけで本当にいいのだろうか。死を受け入れることは悪であるという考え、死をけがれとして不当に怖れ忌《い》むという考え、この二つの考えを今一度、改めて正面から見つめ直してみる必要もあるのではないか。私は、そんな気もしているのです。

われわれは元気で生きている間に、身の処し方についていろいろ考えたりするけれど、逝き方ということに関して、あまりにも比重が軽すぎたのではないでしょうか。

これからは生きるということと、逝くということを同じぐらいの比重で大事に考えていく。特に後半生の人生においては、そのことが非常に大事です。そのことによってわれわれは、生きる日々というものの貴重な実感を改めて確認できるのです。

八十歳で抱いた、ブッダの予感

誰でもそうだと思うのですが、私は、死に至るまでの過程が嫌なのです。認知症、アルツハイマー、あるいは寝たきり介護という状態で生きながらえることはつらいことです。

しかしそうなる可能性が高いということを、どうしてみんながもっとリアルに考えないのでしょう。これについては、メディアにも責任の一端があるかもしれません。

たとえば放射能の問題にしたって、マイナスイメージの出来事として避けてしまって、もういまはほとんど報道されないでしょう。そういう暗い面、マイナスイメージのことはあまり報じられないのです。

そしてわれわれは、そういうメディアの影響をものすごく受けやすい存在です。「勝った、勝った」という新聞の論調にどれだけわれわれは歓喜勇躍《かんきゆうやく》して、この前の戦争を賛美していたかということを考えると、いまのメディアの「死」に対する報道の仕方も、大本営発表の時代と変わりないのではないかという気がしてきます。

最後の最後まで元気で仕事をしていて、そして突然ぽっくり。家族もびっくりして、臨終に立ち会う間《ま》もなかったという死に方をした人は、昔も今もけっこういます。けれども私は、そういう人が必ずしも幸せとは思いません。やはり西行のように、自分の死を計画して、逝き方を考えて、自分の美学に従って死んでいくというのは、すごく立派なことだと思うのです。目立たずに自然に亡くなって、大騒ぎされなかった死であっても、本人がそれで良しとするなら周りがどうこう言うことではありません。

昔はただ長く生きたというだけで、周りはその人を、偉い人だと思っていました。今では考えられないようなひどい衛生事情、栄養事情の中で、法然は八十、親鸞は九十、蓮如《れんにょ》は八十五という例外的な長生きをしました。それはやはり賛美に値するすごいことなのです。

一方、近代日本で最大の親鸞研究者であった清澤満之《きよさわまんし》は、四十そこそこで死にました。清澤満之が長生きして八十歳になっていたときに、どういう考えを持つに至ったかはわかりません。親鸞がもし四十五歳で死んでいたら、もちろん晩年の彼の思想はこの世になかったでしょう。親鸞の思想は、年とともに変化し、深化していった典型です。

私は、宗教は、その開祖と言われる人の死んだ年齢と関係があるような気がしています。

キリスト教というのはやはり青春の宗教です。夢があって、ロマンティックで、理想主義で。ヒューマニズムに溢れているといった感じです。三十歳ぐらいで亡くなったキリストゆえの青春の宗教なのです。キリストが八十五、九十まで生きていたらどうなっていたか。

それに対して、仏教は老年の宗教、という感じがします。死が現実的なものと感じられるようになってはじめて、仏教というのは身近に感じられるのではないでしょうか。仏教は、いうならば老年の宗教なのです。それぞれの宗教はその開祖の死んだ年齢と関係があるというのが、私の考え方なのです。

私にとって参考になるような死に方というのは、死を予感して、それをきちんと受け入れていたような死に方です。ドラマティックに死ぬよりは、そちらのほうがよっぽどいい。

ブッダも八十歳になったとき、死の予感はたしかにあったと思う。だから多くの弟子たちに見守られて死ぬよりは、行き倒れを選んだ。

ブッダは、死ぬ前々日ぐらいに食事の供養《くよう》を受けます。食事をくれたのは鍛冶屋の息子の倅《せがれ》で、チュンダという男でした。その当時の鍛冶屋の身分は、アンタッチャブル（不可触賤民）でした。被差別の扱いに苦しむそんな人々の一家で料理を提供されて一口口に含んだあとで、弟子たちには「食べるな」と言い、自分はそのまま食べつづけるのです。豚料理ともキノコ料理ともいわれていますが、その後、激烈な腹痛に襲われてクシナガラで倒れて死にます。八十歳での最後の出発は、死出《しで》の覚悟の旅、インド人の言う遊行《ゆぎょう》の旅だったと思います。

遊行というのは、定められた死に場所へ、普通はバラナシのガンジス川の河畔に行くということですが、彼の場合には自分の出身地を目指したとも言われています。いずれにしろガンジス川を越えて、旅の途中です。

それは八十歳になって自分の死というものをはっきりと予感し、確認した上でのことなのでしょう。残された命にまだ執着があったら、口にした料理は飲み込まずに吐き出したと思うのです。

あとがきにかえて

「今、あなたが一番知りたいことは何ですか？」

と、きかれたとき、人はどう答えるだろう。

だれにでも知りたいことは山ほどあります。しかし、未来について確かな予測ができれば、こんなにありがたいことはないはずです。

この国の明日について知りたい人もいるでしょう。世界経済の行方を教えてもらいたい人も、もっと個人的なこと、自分の職業や恋愛のことに関心がある人も少なくないでしょう。日本列島に今後どのような天災がやってくるのか。戦争と平和の現状はどうなのか。

私がひそかに思うのは、恥ずかしいけれども、もっと単純なことなのです。それは自分は後どのくらい生きることができるだろう、という疑問に対する答えです。

人の未来は計ることができない。明日、どころか、1時間先に不意の死に襲われるかもしれないのです。高齢者が早く世を去るとも限りません。確率で人生を考えることはできません。10代で夭折する人もいる。100歳をこえて生き続ける人もいる。しかし、人間は未来永劫に生きるわけではないのです。どこかで必ず終わるのが人生なのです。

私自身は、すでに日本人の平均寿命をこえて生きながらえています。もし明日、世を去ったとしても文句はいえません。それどころか今日まで命ながらえたことを、謙虚に感謝すべきだろうと思います。

しかし、それでもなお、残された時間を知りたいと心ひそかに願う自分が確かにいます。もしそれが可能であったなら、では何をするか。

立派なことなど考えたりは、けっしてしないでしょう。できればせめて、乱雑をきわめる部屋の片付けぐらいはしておきたい。

しかし、これればかりは想定のしようがないのです。超高齢社会などといわれて、どれくらい生きるかは、なかなか思いどおりにはなりません。いわゆる団塊の世代など、今後30年以上生きるかもしれないのですから。

余命計り難し。

いまさらのように、そのことを痛感しないではいられません。かつて「人生五十年」といわれた時代がありました。しかし今では、50歳は人生の半ば。おおかにいって、人は30歳までを第1期、そこから60歳までを第2期と考えてもよさそうです。そして今、60歳から90歳までの30年が大きく立ちあらわれてきたようです。この第3期をどう生きるか。

それが私たちが直面している最大の問題ではないでしょうか。

自分に残された時間を、もし知ることができたら、と考えない人はいないでしょう。予期せぬエンディングを迎えるのは、だれにとっても望むところではない。

しかし、超高齢社会において、ただ無為《むい》に長生きするというのも、また辛《つら》いことではないでしょうか。おのれの余命を知って、そのことで人生の充実期を迎える人は幸せです。けれども実際には、ほとんどの人が呆然《ぼうぜん》となすすべもなく時の流れに身をまかせるだけかもしれません。

しかし、それでも人間は自分の生に、なんらかの決着をつけようと願うものなのです。それが無駄だとは思わない。とり乱してあがくのも、また人の生きる姿なのですから。

私ならどうするか。たぶん、自分の一生をふり返って、記憶を手さぐりで確かめるぐらいしかできないでしょう。これから何をするかではなく、これまで何をしたかをふり返ってみる。それが何かに役立つとは思えない。

だが、やはりフィルムを巻きもどして見るように、それまでの日々を回想することになるでしょう。考えてみると、人の一生とはまことに頼りなく、はかないものです。古今東西の英雄たちといえども、皆そうなのです。人が生きて、去ったあとには、ただ一陣の風が吹きすぎるだけのことなのかもしれません。

だが、そんな回想のなかにも、なにか手さぐりで触れるものがあります。日なたにまどろみながら、ぼんやりと時を過ごしている老人の姿を、私たちは無為の時間だと誤解するかもしれない。しかし、そうではないのです。回想のなかでも、人はそれぞれの生をたしかめているのです。

世のため、人のために残りの時間をささげたいと思うなら、そうすればいい。孤独の中に自分をたしかめたいと考えるなら、それもいいでしょう。信仰の生活もまた一つの道。うつらうつらと時の流れに身をまかせるという過ごし方も、またあっていいのです。

しかし、いずれにせよ私たちは、この生というものが限りあるものであることも、はっきり自覚する必要があるのではないでしょうか。限られた時間を意識することから、第三の人生をスタートさせるしかないのです。

残された時間は、けっして知ることはできない。しかし、それが短かかろうが長かろうが、やがて終わることだけはたしかなことだ。そこをみつめるところから、あらたな余生が始まるのだ。

五木寛之（いつき・ひろゆき）
1932年（昭和7年）福岡県生まれ。生後間もなく朝鮮にわたり、戦後引揚げ。早稲田大学中退。66年『さらばモスクワ愚連隊』で第6回小説現代新人賞、67年『蒼ざめた馬を見よ』で第56回直木賞、76年『青春の門 筑豊編』ほかで第10回吉川英治文学賞を受賞。代表作に『風に吹かれて』『朱鷺の墓』『戒厳令の夜』『大河の一滴』など。英文版『TARIKI』が2001年度「BOOK OF YEAR」（スピリチュアル部門）に選ばれた。02年に第50回菊池寛賞、04年に仏教伝道文化賞、09年に第61回NHK放送文化賞、10年に『親鸞』で第64回毎日出版文化賞特別賞を受賞。

余命《よめい》
これからの時間をいかに豊かに生きるか

平成27年5月10日　初版第1刷発行

著者――五木寛之《いつきひろゆき》
発行者――竹内和芳
発行所――祥伝社《しょうでんしゃ》
〒101-8701 東京都千代田区神田神保町3-3
電話 03-3265-2081（販売） 03-3265-2310（編集）
03-3265-3622（業務）
印刷――堀内印刷
製本――ナショナル製本

ISBN978-4-396-11417-6 C0095
祥伝社のホームページ・http://www.shodensha.co.jp/